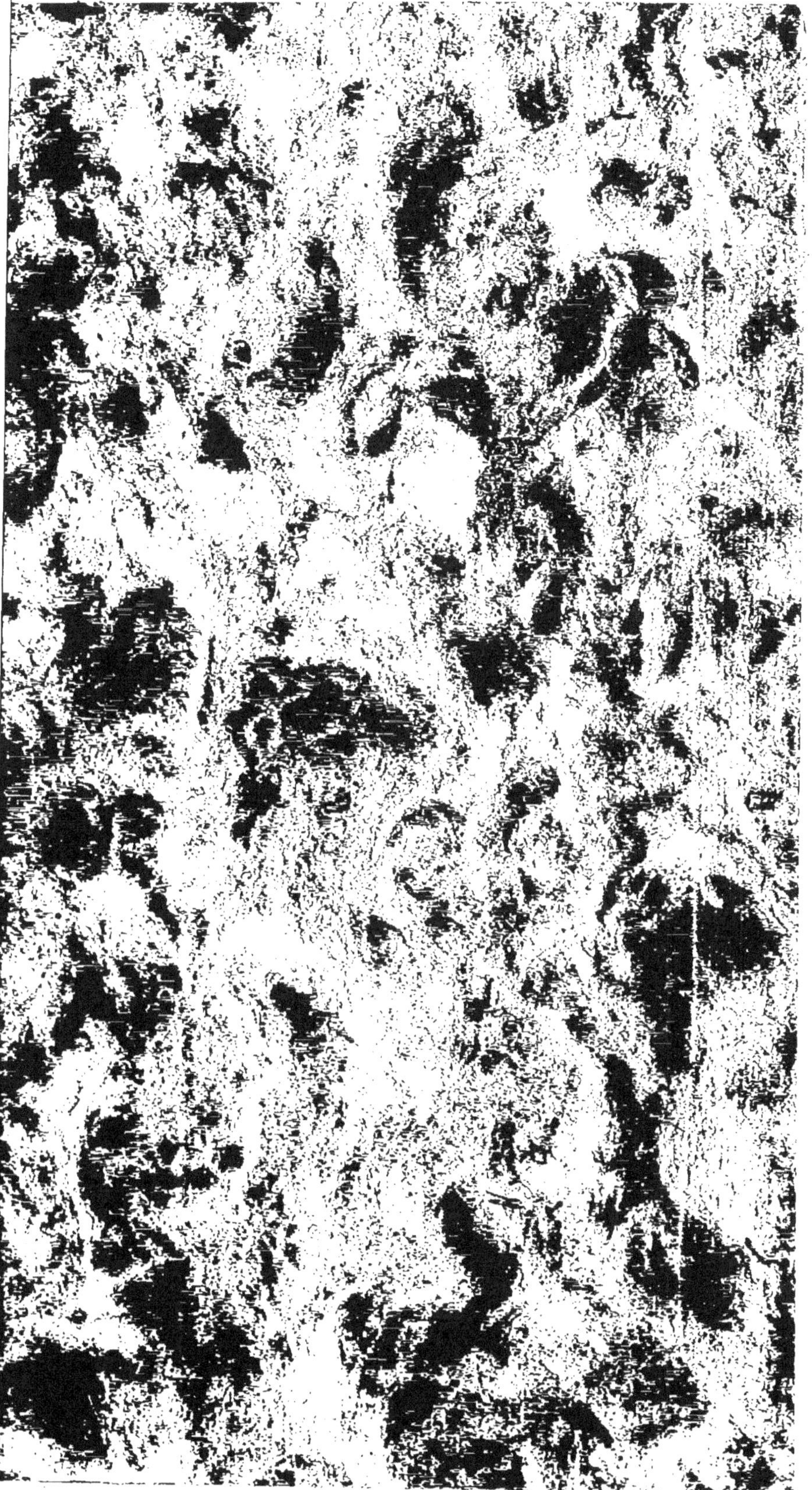

ıt, corroyeur. 145
on, chapelier. 134
, épicier. 162
, linger. 195
ıet, fabr. d'eau-forte. *Voy.* Cremière.
et, march. d'huiles. 182
ɛt, fabr. de nécessaires en carton. 208
ıt de Burty, march. de nouveautés. 205
lou, corroyeur. 145
, march. de chevaux. 136-195
l, coutelier. 148
ırdi, (Ve.) poëlier-fumiste. 232
q, négociant. *Voyez* Martin-Tisson.
r, (F.) fabr. de couleur. 147
rt, orfèvre-joaillier. 221
coq, négociant. 151
coq, épicier. 162
, plombier. 231
ıx, limonadier. 193
z, tabletier. 247
ıt, teinturier en soie. 251
ın, chapelier. 134
ın, ferblantier-lampiste. 187
n, menuisier. 201
ır, paveur. 227
ın, bottier-cordonnier. 125
ıier, doreur. 152
elet, fabr. de papiers peints. 224
emain, maître maçon. 198
emot, march. de vins. 263
drot, charpentier. 135
n, confiseur. 144
n, frangier. 171
in, chapelier. 134
t-Dubois et comp., distillateurs. 151
aîné, (L.) commissionn. 141-256
[illegible] 210

Wagner, m caunicien.
Wagon, march. de bois.
Walbrecq, march. de toiles.
Walker, (John) fabr. de bretelles. 128
Walle, fabr. de rasoirs.
Walles et Williams, banquiers. *Voyez* les avis tardifs.
Walley, fabr. de fouets. 130
Wallener, (Mad.) mercière.
Walsh, (John) fabr. de cardes.
Walter-Barbichon, tailleur.
Walz, négoc.
Wannez, fabr. de bretelles.
Warcollier, march. de vins.
Warmé, march. de vins.
Warin, peintre en voitures.
Warroquier, (Ve.) gantière.
Warroquier, potier d'étain.
Warrée, libraires.
Warrée, (Ve,) limonadière.
Wasse - Charlotte, (Dlle.) tient bains publics.
Waubert, march. de selleries et quincailleries.
Wattin, bijoutier.
Watin - Thenot et comp., fabricans d'eau-forte.
Watin, mercier.
Watin, négoc.
Watré, limonadier.
Webb, loueur de carrosses.
Weber, ébéniste.
Weiss et Pujol, tailleurs.
Welchmann, plaqueur sur métaux.
Werbert, peintre en bâtimens.
Wersmuller, tailleur.
Wich, coutelier, [illegible]

UNE

MACÉDOINE.

TOME SECOND.

DE L'IMPRIMERIE DE J.-B. IMBERT.

UNE

MACÉDOINE,

PAR PIGAULT LE BRUN,

MEMBRE DE LA SOCIÉTÉ PHILOTECHNIQUE.

TOME SECOND.

Diversité c'est ma devise.
La Fontaine.

SECONDE ÉDITION.

PARIS,

Chez BARBA, Libraire au Palais-Royal, derrière le Théâtre-Français, n° 51.

1817.

UNE

MACÉDOINE.

CHAPITRE PREMIER.

Les Compensations.

Elle m'a quitté aux premiers rayons du jour. Elle a disparu comme une ombre fugitive. Où s'est-elle retirée, si les communications ne sont pas libres? Si elles le sont, pourquoi m'a-t-elle trompé? Ingrat, trompe-t-on l'homme qu'on rend heureux, parfaitement heureux?

Telles furent mes premières réflexions : c'étaient les derniers accens de la volupté mourante. A mesure que le soleil éclairait les objets, le prestige se dissipait. Mais différent des songes, dont la lumière dissipe jusqu'au souvenir, le passé prenait une teinte sombre, le regret se faisait sentir. « Ah! m'écriai-je, » tu ne l'as pas séduite, il est vrai, mais » tu l'as rendue indigne des vœux d'un » honnête homme. »

Je résolus d'échapper à ces tristes pensées. Je m'habillai avec assez de peine, et je voulus descendre dans le parc. Toutes les portes étaient fermées. Je vis qu'elle m'avait dit la vérité, et j'éprouvai quelque satisfaction à ne lui trouver d'autre tort que son amour.

Je marchais sur la pointe des pieds, comme un homme qui s'échappe furtivement. Craignais-je qu'on lût la vérité sur mon visage? Oh! pourquoi n'est-elle pas écrite là? que de fautes secrètes ne seraient jamais commises!

De porte en porte, de corridor en corridor, j'arrivai à la cuisine. J'y trouvai une petite fille enveloppée dans son tablier, dormant auprès d'un reste de feu. Je voulais ménager son sommeil; mais un malheureux verroux cria malgré moi, et réveilla la petite. « Que faites-» vous ici, mon enfant? — J'aide à » la cuisine, monsieur. — Et vous ne » ne vous êtes pas couchée? — J'ai tra-» vaillé jusqu'à minuit, et je vais me » remettre au travail. » Il faut donc que la pauvre petite sacrifie jusqu'à son repos pour obtenir le nécessaire, et j'ai du superflu, moi, qui ne fais que des sottises! Pauvre aussi, je travaillerais sans relâche, et je n'aurais pas le temps de m'occuper de mon cœur. Oh! je le sens, la pauvreté est bonne à quelque chose.... Oui, mais l'indigence!

Cette dernière idée m'attendrit, et me procura quelques distractions. Si l'égalité, pensé-je, est une chimère, l'inégalité absolue est une monstruosité. Voyons s'il est possible de rapprocher un peu les distances. « Combien » gagnez-vous par jour, mon enfant? » — Dix sous et ma nourriture, monsieur. — Que faites-vous de ces dix » sous-là? — Je les porte à mon père et » à ma mère. — Que fait votre père? — » Il est journalier. — Et votre mère? — » Elle soigne mes frères et ma petite » sœur. — Ah! elle a encore de petits » enfans. — Nous sommes cinq, monsieur, et je suis l'aînée. — Vous êtes » cependant bien jeune. — J'ai quinze » ans, monsieur. » Et elle se rengorgeait en parlant de ses quinze ans, elle avait un air tellement satisfaite... Je ne prévoyais point pourquoi une petite fille est si aise d'avoir quinze ans.

« Pourquoi donc, mon enfant, vos » quinze ans vous font-ils tant de plaisir? — Oh, monsieur, c'est que.... » c'est que.... — Parlez, ma petite. »

Et je pris sa main, qui n'était ni belle, ni bien propre; mais je voyais qu'elle avait besoin d'être encouragée. « Eh » bien c'est que.... — C'est qu'on dit » qu'à quinze ans on peut entrer en » ménage. — Et vous avez envie d'être » mariée? — Oui, monsieur, et mon » amoureux aussi. — Ah! vous avez » un amoureux! — Depuis deux ans, » monsieur. — Vous n'avez pas perdu » de temps, ma petite. — Ma mère dit » qu'il n'en faut pas perdre. — Ce n'est » pas dans ce sens-là qu'elle le dit. — » Croyez-vous cela, monsieur? — Je » vous en réponds. Et quel âge a votre » amoureux? — Dix-sept ans, mon- » sieur. — Vous aime-t-il bien? — » Autant que je l'aime. — Et vous l'ai- » mez beaucoup? — De toutes mes » forces. — Quaud vous dites-vous que » vous vous aimez? — Tous les soirs, » quand je travaille chez ma mère. — » Tous les soirs? — Et le dimanche

» toute la journée. — Et quand vous » vous êtes répété cela ? — Il me cueille » un barbeau, un coquelicot. — Après ? » — Je lui en cueille un autre. — » Après ? — Je lui donne une tape sur » l'épaule. — Pourquoi cela ? — Pour » qu'il courre après moi. — Et quand » il vous a attrapée ? — Il m'embrasse. » — Et vous êtes bien aise ? — Oh ! oui, » monsieur. — Et après ? — Nous re- » commençons. — Et après ? — Nous » recommençons encore. Mais, mon- » sieur, vous me parlez comme M. le » curé quand il me confesse. — Et je » finirai comme lui, ma petite ; je vous » donnerai une pénitence. — Oh ! mon- » sieur n'est pas prêtre. — Qu'importe, » si la pénitence vous plaît ? »

Elle est sage encore, mais elle pourrait bien ne pas l'être long-temps, avec ses coquelicots, ses tapes sur l'épaule et sss embrassades. L'amour ressemble à une traînée de poudre à canon : si le feu prend au premier grain, il se communique avec rapidité, il brûle, il consume tout, et de ce météore brillant, il ne reste qu'une noire et désagréable fumée. Que de fille perdue pour s'être laissé baiser le bout du petit doigt ! Poursuivons.

« Dites-moi, petite, pourquoi ne » vous marie-t-on pas ? — C'est que » le père d'Eustache est riche. — Ah, » ah ! et qu'a-t-il donc ? — Deux bons » arpens de terre, plantés en bons » pommiers. — Diable ! c'est une for- » tune. — Hélas ! oui, monsieur. » Et des larmes mouillèrent les joues de la pauvre enfant.

« Comment vous nomme-t-on, ma » petite ? — Claire, monsieur. — Claire ! » Claire qui ? — Claire Servent, mon- » sieur. — Et le père d'Eustache ? — » Tachard, monsieur. — En voilà as- » sez, Claire. Reprenez votre travail. » — Ah ! monsieur, j'ai tout le jour

» pour travailler, et je n'avais que ce » moment pour parler d'Eustache. — » Je vous ai donc fait plaisir? — Oh! » beaucoup, monsieur. — C'est le com- » mencement de la pénitence que je » vous ferai faire. »

Cette petite fille, pensé-je en me jetant dans le parc, travaille jour et nuit, et trouve encore le temps d'aimer! N'envions plus sa pauvreté, restons ce que nous sommes, et tâchons d'adoucir son sort. Marier une fille n'est pas réparer le tort qu'on a fait à une autre; je ne crois pas même qu'il y ait compensation. N'importe, faisons un peu de bien : ce souvenir-là, plus tard, en compensera d'autres.

Je vis une vingtaine de paysans qui travaillaient à planter des *maïs*. On en plante partout, dans le château, dans le parc, dans ces chaumières... Et la petite Claire aussi, qui voudrait... Il faut que cela soit bien naturel. Ce qui est dans la nature est-il un mal ?... Oui, oui, quand les circonstances le rendent tel, et c'est ce qui m'arrive à moi.

Mais comment se fait-il que la belle, la vertueuse, la tant aimante Sophie soit toujours oubliée, quand cette petite Fanchette paraît? Ah! c'est que l'une ne donne que des espérances, et l'autre du plaisir. Mais le plaisir n'use-t-il pas l'amour plus vite que l'espérance? Ah! si le mien pouvait être usé!

Serait-il vrai que donner du plaisir est un moyen certain de l'emporter sur sa rivale? Beaucoup de femmes se servent de ce moyen-là. S'en trouvent-elles bien? j'en doute. Celle qu'il faut aimer par-dessus tout est celle qui se rend constamment respectable. Mais cela est-il ainsi?

Comment se fait-il encore qu'on puisse aimer deux femmes à la fois? c'est ce que je n'ai vu dans aucun roman, et c'est ce qui est dans mon cœur. Pauvre cœur! comme il se consume! qu'en restera-t-il dans dix ans? un glaçon.

Mais aussi dans dix ans, s'il est incapable d'aimer, je ne serai plus exposé à ces combats qui inquiètent, qui affligent l'amour. Ici, par exemple, je trouve une véritable compensation.

En suivant le fil de mes pensées, j'arrivai auprès des planteurs de *maïs*. Un jeune garçon de bonne mine me salua d'un air ouvert. Je désirai que ce fût Eustache. En effet, c'était lui.

Je lui demandai où était son père. Il me montra sa chaumière du doigt. Je marchai de ce côté, je sortis du parc, et plus j'approchais de la chaumière, plus je m'étonnais qu'on pût s'énorgueillir d'une semblable propriété. Ah! tout est relatif. Celui qui n'a qu'une chaumière est riche en comparaison de celui qui n'a rien.

Je passai devant l'église, et je m'amusai à lire quelques affiches. Si la porte eût été ouverte, j'aurais été lire des épitaphes. J'aime beaucoup les épitaphes, surtout quand j'en trouve une fastueuse à côté d'une autre très-simple. Cela force à penser. Ces écussons, ces grands mots ne couvrent que de la poussière, comme l'humble pierre, surmontée d'une petite croix. Cette conformité n'échappe point à l'homme obscur. Elle le dédommage, elle le console. Elle afflige celui qui l'éblouit, qui le dédaigne, et ici encore il y a compensation.

Parmi ces affiches j'en remarquai une qui annonçait la mise en vente d'une maison et d'un jardin situés dans le village même. Parbleu! me dis-je, voilà qui pourrait arranger ma petite Claire. Voyons le notaire du lieu, et si cela n'est pas trop cher....

Voilà M. le notaire sur sa porte, en

veste, en sabots, le bonnet de coton sur l'oreille, fumant sa pipe avec la gravité d'un sultan. Point d'odalisque pour la soutenir, pour chasser les mouches, pour lui chatouiller la plante des pieds. Un gros chien, couché près de lui, lui lèche la main en veillant sur sa personne, et cet ami-là vaut toutes les odalisques du monde : il ne séduit, il ne trompe, il ne manque jamais.

J'appris que la maison à vendre était toute neuve, que le jardin était en plein rapport, et chaque fois que le notaire vantait une cloison, un grenier, je tremblais que le prix fût au-dessus de mes moyens. Après un long et pompeux détail des lieux, je sus qu'on voulait du tout quinze cents francs. La chute n'était pas alarmante; mais je n'avais que la moitié de la somme, et j'éprouvais de la répugnance à emprunter au château. Cependant je pouvais rendre Claire si heureuse! et puis ces coquelicots, ces tapes sur l'épaule, ces embrassades me revenaient toujours à l'esprit. Les dimanches sont bien longs, un faux pas est bientôt fait, et si après Eustache allait changer.... encore une fille perdue. Voilà qui est fort bien. Mais je ne puis marier toutes les filles qui s'exposent à se perdre, et ce que je viens de dépenser pour Fanchette.... Je serais gêné pendant plusieurs mois. Pauvre petite Claire!... allons, allons, je me gênerai, et Claire sera mariée.

Le notaire et son chien m'accompagnèrent à cette maison qu'il était naturel que je visse. Elle était neuve à la vérité, mais si petite, si frêlement bâtie! Et que faut-il, après tout, à un couple qui s'aime? un lit, une table et deux chaises. Il restera plus de place qu'il ne faut pour la barcelonnette.

La construction est légère; mais la maison durera autant qu'eux, et, ma foi, les enfans la rebâtiront.

Le jardin est assez grand, bien planté, bien tenu. Eustache recueillera des légumes et des fruits qu'il ira vendre à Beauvais. Claire filera, et ils vivront. J'offris cinquante louis du premier mot. Le notaire et mon vendeur se regardèrent. C'était peut-être plus que la chose valait.... Bah! cent francs ne sont rien pour moi.... c'est beaucoup pour cet homme.

On demanda quatorze cents francs, selon l'usage, puis treize cents francs. Enfin on me frappa dans la main à douze, et bon gré, mal gré, il fallut boire le vin du marché.

Me voilà au cabaret à présent! Qu'est-ce donc que cette vie, où on ne fait jamais ce qu'on veut, où on n'est jamais ce qu'on devrait être?

CHAPITRE II.

Le vilain Péché d'orgueil.

« M. le notaire, vous dresserez le » contrat de vente et un contrat de ma» riage. La future apporte en dot cette » maison et ce jardin. Le futur n'ap» porte rien. Vous laisserez les noms en » blanc. Allez, et que tout cela soit prêt » dans deux heures. »

Ah ! M. Tachard, vous êtes fier ; parce que vous avez deux arpens de terre ! nous sommes plus fiers que vous encore : nous voulons faire la fortune de votre fils.

Qu'est-ce donc que je vois là-bas, tout au haut du village ? oh ! comme cela ressemble à Fanchette ! ... Ah ! mon Dieu, mon Dieu, c'est elle ! je ne la vois jamais sans effroi.... et sans plaisir.

Mais je suis fort ici, au milieu d'une rue, des habitans qui vont et viennent. Je vais l'aborder bravement.

Elle m'avait vu, elle m'attendait, le sourire sur les lèvres, la satisfaction dans les yeux. Je ne savais que lui dire, car je ne voulais point parler amour, et il est des femmes à qui on ne peut parler que cela, parce que c'est toujours cela qu'elles inspirent.

Voyons, que lui dirai-je? . . . « D'où » venez-vous donc, Fanchette? — Ma» dame m'a ordonné hier de lui trouver » une femme qui sache faire les froma» ges à la crême. — Et avez-vous trouvé » cette femme? — J'en ai arrêté une » qui n'y entend rien. — Plaisantez» vous? — Je me suis adressée à la pe» tite qui est à la cuisine. Elle m'a parlé » d'une mère et de cinq enfans, de » pain noir et de lentilles, et c'est cette » mère que j'ai prise. — Eh qui fera les » fromages? — Je la guiderai, je les

» ferai pour elle, s'il le faut. — Ah ! » Fanchette, Fanchette! ne rien avoir et » donner son temps et sa peine! — C'est » ne rien donner, quand on ne manque » de rien. — Fille généreuse, excellente » fille, comment ne pas t'aimer ! » Et à propos de fromages, je recommençai à extravaguer. Je n'étais plus dans la rue, je ne voyais plus les habitans. J'avais pris la main de Fanchette, je l'avais passée à mon bras, je l'entraînais... je ne sais où. Je n'avais pas de projets, mais je l'entraînais. « Prenez garde, » monsieur, on nous remarque; nous » pouvons être vus de quelqu'un du château. » Ces derniers mots me firent frissonner. Je crus être en présence de Sophie. Une sueur froide coula de tous mes membres.

Je serai donc toujours entre ces deux amours-là ! Ils feront donc toujours le tourment et le charme de ma vie ! Quelle est donc cette Fanchette que je veux fuir, que je trouve sans cesse sur mes pas, et en qui je découvre des qualités nouvelles? Est-ce un ange, qui s'est chargé du soin de mon bonheur? Est-ce un malin génie, qui me poursuit, qui m'obsède?

J'avais laissé sa main. J'étais debout, appuyé contre un tilleul, cherchant à classer mes idées, à lire dans mon cœur: je n'y trouvais que le chaos.

« Eloignez-vous, éloignez-vous », lui criai-je d'une voix forte, et elle s'éloigna sans me répondre un mot. « Oh, reviens, reviens, lui dis-je » d'une voix suppliante. Je suis un » barbare : pardonne-moi. » Elle revient et me regarde d'un air si doux ! L'offense n'a pu pénétrer jusqu'à son cœur : il n'y a de place que pour l'amour.

« Fanchette, soyons raisonnables. » — Ordonnez, monsieur. — Il faut » nous séparer. — Pour toujours ! —

» Au moins pour quelques heures. —
» Adieu, monsieur. — Adieu, Fan-
» chette.... Fanchette? — Monsieur? »
Que vais-je lui dire encore? Je ne sais; mais je cède au besoin de lui parler. « A la suite de cette nuit si
» cruelle et si douce, où vous êtes-vous
» retirée? — Dans le jardin, monsieur.
» — Comment, vous vous êtes laissée
» glisser le long des espaliers, au
» risque de vous tuer? — Je serais
» morte au sein du plaisir. Il me sem-
» blait vous tenir encore dans mes
» bras, respirer votre haleine enflam-
» mée.... Que faites-vous, monsieur?
» vous m'effrayez, vous oubliez où vous
» êtes?.... »

Et c'est elle qui maintenant est obligée de veiller sur moi! Non, il ne faut ni la voir, ni lui parler, puisqu'un fromage, un espalier, une mouche, un brin d'herbe, tout ramène des transports que je ne saurais maîtriser...

Elle me quitte ! Elle a raison, elle a pitié de moi. Moi, avoir besoin de la pitié de Fanchette !

Une rue se présenta, et je la suivis ; elle donnait sur les champs, et je fus m'y cacher aux autres et à moi-même. Je m'assis ; je me couchai sous un arbre, et je m'efforçai d'oublier Fanchette et moi : je ne pouvais oublier ni l'un ni l'autre.

Mais la solitude, la fraîcheur de l'ombrage, un paysage varié me calmèrent insensiblement. Je me levai ; j'entrai chez le père Tachard, assez tranquille pour suivre mon affaire, et trop heureux d'en avoir une qui pût éloigner pendant quelques heures des idées !....

« Bon jour, père Tachard. — Ah !
» monsieur sait mon nom ! — Cela n'est
» pas étonnant ; un propriétaire comme
» vous.... — Oui, parbleu, je le suis.

» J'ai, de plus, une bonne femme....
» — Et un fils joli garçon, dont vous
» ne parlez pas. — Joli garçon, j'en
» conviens, mais cela ne signifie pas
» grand'chose. — Allons, allons, père
» Tachard, vous avez été fort bien, et
» vous n'en étiez pas fâché. — A la
» bonne heure, monsieur; mais l'es-
» sentiel est d'être probe, laborieux;
» économe, et notre Eustache est tout
» cela. — Il a toutes les qualités requises
» pour faire, comme vous, un bon mari.
» — Oh, monsieur, ne parlons pas
» de cela. — Pourquoi? ne seriez-vous
» pas bien aise de vous voir renaître
» dans un petit-fils, de le sauter sur
» vos genoux, de lui apprendre à ar-
» ticuler le premier mot, de recueillir
» son premier sourire, de sourire vous-
» même à ses petits contes, à ses es-
» piégleries? — J'en serais enchanté,
» monsieur; mais cela ne se peut pas.
» — Et la raison, père Tachard? —

» Eustache s'est amouraché d'une pe-
» tite fille du village qui ne lui convient
» pas. —Qui ne lui convient pas! —Ah!
» elle n'est pas sage. —Oh! à cet égard-
» là, je n'ai rien à lui reprocher. —Ses
» parens manquent de probité! — Hé,
» non! c'est pauvre, mais honnête. —
» C'est donc leur pauvreté qui vous
» arrête? —Hé, croyez-vous que ce ne
» soit rien, monsieur? Vit-on d'amour
» en ménage? D'ailleurs, irai-je, moi,
» propriétaire, donner à mon fils un
» journalier pour beau-père? —Vous
» avez raison, père Tachard : la dis-
» tinction des rangs n'est point une
» chimère. Mais à propos de mariage,
» que dites-vous de la maison du père
» Firmin? — Elle est, ma foi, jolie. —
» Et son jardin? — Oh! cela, c'est du
» bon bien, et c'est à vendre depuis
» trois jours. — C'est vendu, père Ta-
» chard. — Et à qui donc? — A une
» jolie fille, très-disposée à épouser

» Eustache, et qui ne vous demandera » rien.

» — Diable! voilà une excellente af- » faire. Mais prenez garde, monsieur. » Une jeune fille qui achète une mai- » son et un jardin doit quelquefois ses » ressources à des moyens..... — Vous » êtes un brave homme, père Tachard, » et cette fierté-là vaut mieux que celle » qu'inspire la distinction des rangs. » Mais je vous réponds que la jeune fille » que je vous propose.....— Hé! qui me » répondra de vous? — Madame la com- » tesse d'Ermeuil. — C'est fort bien. » Mais Eustache est si entêté de sa » petite Claire...... — Eustache épou- » sera la fille, la maison et le jardin, je » vous le certifie. — Mais encore, mon- » sieur, faudrait-il me nommer la fu- » ture. — Trouvez-vous à midi chez le » notaire du village avec votre femme » et votre fils : vous l'y verrez. — Après » tout, je ne m'engage en rien, et si la

» fille ne me convient pas....... — Il n'y » aura rien de fait, père Tachard.

» — Je n'ai plus qu'une objection à » vous faire. — Et laquelle? — Tout » le monde ici a la manie de marier » Eustache, et il ne peut épouser qu'une » femme à la fois. — Que voulez-vous » dire? — Une jeune dame sort de chez » nous et propose aussi une fille sage, » douce, qui aime beaucoup Eustache, » et qui est propriétaire de deux arpens » de pré qui ont été mis en vente avec » la maison et le jardin. Elle a, comme » vous, un style entortillé, où je ne » comprends rien, et au moment de » choisir entre deux brus, je n'en con- » nais pas une. — Dites-moi, dites-moi » donc, quel âge a la jeune dame? — » Mais dix-huit à vingt ans. — Petite? » Mais si bien faite! — Jolie? — Comme » un ange. — Le pied mignon? — Mais » je crois qu'oui. — La jambe moulée? — » Oh! je n'y ai pas regardé. — Ni moi

» non plus. Mais dans la forêt de » Chantilly, une peur, un buisson, une » jarretière.... »

Oh, c'est elle! c'est elle! Comme son cœur est d'accord avec le mien! Quel mouvement sympathique nous a entraînés tous les trois! Elle et moi donnons un peu d'argent, et Fanchette, qui n'en a pas, fera les fromages à la crême! Chère Fanchette! chère Sophie! quelle journée! que d'heureux à la fois! Claire, Eustache, les Tachard, les Servent, et nous trois! Et, en me parlant ainsi, j'avais sauté la porte coupée du père Tachard, qui me suivait des yeux, la bouche ouverte, les bras pendans, et qui sans doute me prenait pour un fou. Je courais par le village; je demandais la maison de Claire, et je courais de plus belle. Je me jetai enfin dans sa triste bicoque, qu'un coup d'œil transforma en un temple, oui en un temple magnifique. Sophie, assise sur une escabelle, avait tout changé autour d'elle. Sa figure céleste rayonnait d'une joie douce, de cette joie pure qui embellirait la laideur, et qui ajoute à la beauté d'un charme irrésistible.

» La voir, tomber à ses pieds, adorer la divinité qui vivifiait cette cabane, qui y apportait le bonheur, fut l'affaire d'une seconde. Elle m'avait relevé, j'étais dans ses bras, je la pressais sur mon cœur, avant qu'elle et moi ayons pu réfléchir à ce que nous faisions. « Cher ami, chère Sophie! nous écriâ-» mes-nous à la fois. — Vous m'avez » devinée? — Tachard m'a tout dit — » le notaire m'a aussi parlé de vous. » Ah! je vous aimerais davantage, s'il » était possible d'aimer plus. — Chère » Sophie! — Cher ami! »

Servent était là. Il nous regardait, comme Tachard m'avait regardé, lorsque je m'étais élancé par dessus sa porte coupée. Il n'était plus amoureux le bon Servent, et transports d'amour n'étaient pour lui qu'extravagances. Ses quatre enfans nous entouraient, ne comprenaient rien à ce qui se passait, et se dépêchaient de croquer quelques dragées que Sophie leur avait données en entrant.

Je vis sur la figure de Servent qu'il ne savait rien encore. Il ne prenait d'autre part à ce qui se passait, que celle de la curiosité et de l'étonnement. Un mot le mettait en scène, et pouvait le faire extravaguer comme nous. Je différai de le dire. Je pris la main de Sophie, et je l'engageai à sortir avec moi.

« Nous marions Claire, chère Sophie.—Dieu en soit loué, cher ami !—
» Nous la rendons riche pour une fille
» de son état. — Que de bénédictions
» nous allons recevoir!—Mais l'enthou-
» siasme du moment ne nous égare-t-il
» point? Sommes-nous justes envers
» tout le monde? — Je ne vous entends

» pas. — Il y a dans cette cabane un
» père, une mère, quatre enfans. —
» J'y suis, j'y suis. Que la fièvre entre
» là, — qu'elle frappe le père ou la
» mère...... — la misère s'y fixe — s'atta-
» che à ces malheureux — les ronge
» insensiblement. Sophie ? — Mon ami ?
» — Claire a assez de la maison et du jar-
» din. — Cela peut être ; mais j'ai donné
» le pré. — Il faut changer quelque
» chose à vos dispositions. — Oh ! non,
» mon ami. J'ai eu tant de plaisir à
» donner ce pré ! — Assurez-en du moins
» la jouissance au père et à la mère. —
» Claire alors n'est plus aux yeux de
» Tachard un excellent parti. C'est un
» grand péché que l'orgueil ; mais j'ai
» celui d'humilier un peu cet homme,
» qui a dédaigné les pauvres Servent. —
» Et pour le plaisir de commettre ce
» gros vilain péché-là, vous les exposez
» à mourir de faim. — Vous me faites
» trembler, mon ami. — Donnez-leur

» donc la jouissance du pré. — Oh!
» non, non, tout pour Claire. Mais
» cherchons quelque moyen. — Chère
» amie, je n'en vois point.—Ah! m'y
» voilà.— Qu'est-ce? — Mautort a une
» filature de coton....—Excellent, ad-
» mirable! — Il faut qu'il prenne les
» quatre enfans. — Sans doute. — Je
» lui écrirai. — Aujourd'hui. — Tout
» de suite.—Mais le père et la mère?—
» Ceci est plus difficile à arranger.—
» Mon ami, m'y voilà encore.—Voyons.
» —Vous faites bâtir à la Chaussée-
» d'Antin. — Eh bien? — Il vous fau-
» dra un portier. — Ma chère amie, je
» ne peux pas faire un suisse de Ser-
» vent. —Pourquoi non? Le juge Dan-
» din en a bien fait un Petit-Jean.
» Vous n'aurez pas de locataires de six
» mois; Servent aura le temps de se
» décrasser, et aura la satisfaction de
» voir ses enfans et de les surveiller. Je

» vous demande votre porte, monsieur.
» — Je vous la donne, madame.

» A propos, chère Sophie, avez-vous » de l'argent ? — Non, et vous ? — J'al- » lais vous en demander. — Ah ! mon » Dieu, comment paierai-je mon pré ? » — Et moi ma maison et mon jardin ? — » Voilà qui est embarrassant. — Nous » parlerons à madame d'Ermeuil, à » Soulanges, à du Reynel. — Y pensez- » vous, mon ami ? Nous sommes par- » tis de Paris comme des fous, avec ce » que nous avions dans la poche. — Il » serait bien dur cependant d'être obli- » gés de demander du temps. — Ce » sera la punition de ce péché d'orgueil » auquel je tiens tant. — D'ailleurs on » sait bien qu'on ne porte pas sur soi » de quoi payer une maison et des ter- » res, auxquelles on ne pensait pas. — » Et puis il ne faut que deux jours pour » qu'un courrier aille à Paris et en re-

» vienne. — Nous y enverrons Baptiste.
» — Baptiste! le premier qui se trou-
» vera. — Baptiste, ma chère amie,
» Baptiste. C'est un garçon intelligent.
» — Baptiste soit, mon ami. Rentrons
» chez Servent. »

J'avais une envie de porter la parole, mais une envie! Il est si bon d'acquérir des cœurs, mais si naturel de vouloir jouir du bienfait!.... Je crains beaucoup que cette jouissance soit encore fille de l'orgueil.... Mais je crois aussi qu'on peut être assez honnête homme, et commettre, par-ci, par-là, un des sept péchés capitaux.

Je lisais dans les yeux de ma Sophie le désir bien exprimé d'annoncer les heureuses nouvelles. Dévote pleine de bonté, pécheresse charmante! Elle me ferait aimer Orosmane et Arimane. Qui de nous sera le plus endurci? Laissons-la se damner, puisqu'elle le veut, et damnons-nous avec elle, en mettant encore de l'orgueil à céder à la faiblesse... à la faiblesse! C'est à l'amour que je me rends. C'est lui qui me souffle bien bas : tu ne fais rien pour elle, qui n'ajoute à tes droits sur son cœur.

CHAPITRE III.

Le Contrat de mariage.

Elle me regardait d'un air indécis ; elle brûlait de parler ; elle tremblait que je parlasse. Je la poussai doucement, je la portai en avant, et je lui souris d'une manière qui sans doute voulait dire : Je t'ai devinée ; jouis.

Il fallait bien que ma mine signifiât quelque chose comme cela, car elle me serra la main, et la sienne me disait : je t'entends et je te remercie.

Comme elle sait amener une surprise ! avec quelle délicatesse elle s'exprima ! à travers quelles nuances variées de sensibilité, de douceur, de gaieté, elle fit arriver au cœur du bon Servent ce baume consolateur, qui efface le souvenir du passé, qui nous fait renaître à l'espérance. Oh ! que je me sais gré de lui avoir cédé !

Je me serais exprimé comme un homme ; j'aurais mis le bienfait à nu. Elle le parait de ces couleurs séduisantes qui lui donnent un nouveau prix ; Servent, à ses pieds, se rendait au charme inexprimable qu'une femme sensible répand sur tout ce qu'elle dit, sur tout ce qu'elle fait. Les enfans ne savaient ce que c'est qu'être suisse ; ils n'avaient aucune idée d'une filature de coton ; à peine entendaient-ils les mots aisance, pauvreté ; leur cabane jusqu'alors avait été leur univers. Mais leur père pleurait ; il pleurait de joie, d'attendrissement, de reconnaissance ; ces enfans ne pouvaient rien définir ; mais ils sentaient que les larmes de leur père étaient celles du plaisir, et sans pouvoir se rendre compte de l'impression qui les entraînait, ils tombèrent à genoux avec lui ; ils pleurèrent comme lui ; comme lui, ils baisaient la robe, les pieds, les mains de l'heureuse Sophie. Ils ignoraient encore ce que c'est que bénir, et ils balbutiaient des bénédictions.

' Seul, dans un coin de la cabane, je saisissais l'ensemble du tableau. Et moi aussi je trouvai des larmes. Oh! j'en verserai encore de ces larmes-là : j'aurai toujours cinquante louis dans ma poche.

Nous avions beaucoup fait, il nous restait beaucoup à faire. Après avoir donné rendez-vous chez le notaire à la famille Servent, nous sortîmes pour aller annoncer à Claire et à Eustache la fin de leurs anxiétés et de leurs privations. Je marchais à côté de Sophie, et je la regardais. Son cœur tout entier se développait sur sa figure, et lui donnait une expression que je ne lui avais pas vue encore ; son œil, tourné vers le ciel, était pur comme la vertu. Elle ne parlait pas ; mais son sein annonçait, par ses mouvemens doux et réguliers, qu'il renfermait la somme de bonheur à laquelle une mortelle peut prétendre.

Vous le dirai-je? saisi de respect, je m'éloignai d'elle ; je me tenais à deux pas de distance ; je ne me croyais pas digne de l'approcher.

Tout passe, et malheureusement les sensations agréables se dissipent plus promptement que les autres. Sophie sortit de son extase. Cet œil recueilli, attaché au firmament, redescendit sur la terre et me chercha. Un doux sourire me rappela et la dépouilla de son auréole. La divinité disparut ; je retrouvai la femme aimante, et, ma foi, celle-ci vaut bien l'autre.

Un violon aigre, un mauvais tambour, et quelques coups de fusil, nous annoncèrent la fête du *mai*. Elle s'attacha à mon bras, et nous courûmes de toutes nos forces : le spectacle de la gaieté franche n'est pas commun, et fait toujours plaisir.

Assis sous les tilleuls, M. La Roche faisait gravement les honneurs d'un buffet chargé de viandes froides et de fruits secs. Madame La Roche veillait à ce qu'on ne vidât pas trop promptement une pièce de vin livrée à la bande joyeuse. Les jeunes filles et les jeunes gens dansaient. A la fin de la contredanse, la fusillade recommençait, le broc circulait, puis les baisers pris et rendus, puis les tapes sur l'épaule, puis la course sur le gazon... Les tapes sur l'épaule! quel dommage de ne pouvoir marier toutes ces filles-là!

Mais où sont donc Claire et Eustache? pourquoi ne profitent-ils point d'une occasion aussi naturelle de se rapprocher?... Non, ils ne sont pas ici. Il y a là-dessous quelque chose que je ne comprends point.

Je cours aux cuisines, et je vois la petite sur la porte. Ses yeux sont rouges; elle a pleuré. « Quoi! seule ici, » mon enfant, lorsque vos compagnes » dansent et folâtrent! — Monsieur le

» chef ne m'a point permis d'aller prendre mon bonnet plissé et mon corset des dimanches. — Et je conviens que vous ne pouviez vous présenter comme vous voilà. Quel est donc ce chef qui empêche les jeunes filles de danser? — C'est un aubergiste du village, qui travaille ici quand madame n'amène pas sa maison. — Il est plaisant ce monsieur-là. En dépit de lui vous danserez, petite Claire. — Ah! monsieur, je ne m'en soucie plus. — Comment cela? — Eustache est retourné chez lui. — Et pourquoi? — Il ne danse point quand je ne danse pas avec lui. — Vous danserez ensemble, et avant deux heures; ce chef, qui effarouche les amours, sera votre très-humble serviteur. — Je n'entends pas bien ce que me dit monsieur. — Allez mettre votre bonnet plissé, et votre corset des dimanches. — Oh! monsieur, je n'oserais. — Je prends tout sur moi.

» — Mais, ma place à la cuisine... — » Vous n'en avez plus besoin. — Si mon- » sieur voulait m'expliquer... — Votre » père vous dira le reste ; vous conterez » cela à Eustache, qui aimera mieux » l'apprendre de cette petite bouche-là » que de toute autre. Mais surtout que » ceci soit un secret pour le père Ta- » chard. Partez, partez donc... vous » m'impatientez, mademoiselle. »

Elle me regardait ; elle jetait un coup d'œil furtif dans la cuisine. J'avais piqué sa curiosité ; mais elle craignait monsieur le chef. « Claire, Claire, cria- » t-il d'un ton dur. — Je l'envoie en » commission pour madame la com- » tesse ; elle sera de retour dans une » heure. » Il n'y avait pas le mot à répondre à cela, et la petite, forte du silence de monsieur le chef, prit sa course et disparut.

« Ah ! méchant ! vous m'avez ravi » cette jouissance-ci. » C'est Sophie, qui a cherché Eustache dans les groupes des villageois, et qui vient de me retrouver. « Non, mon aimable amie, Claire » ne sait rien encore. Je n'ai pas, comme » vous, l'art d'ajouter au bonheur par » la manière de l'annoncer. D'ailleurs, » il m'a paru naturel et juste de laisser » cette satisfaction au père Servent. — » Et la mère? — Elle est toujours là. — » Ah! par exemple, monsieur, c'est à » mon tour de parler! — Et vous le » faites si bien! — J'entre. »

De quel poids elle m'a déchargé! Il faut que la mère Servent aille aussi prendre ses beaux habits; et je ne pouvais me résoudre à entrer dans ces cuisines... c'est là que se font les fromages à la crême.

Je montai aux appartemens, on y parlait de notre promenade matinale; on interprétait, on plaisantait légèrement, avec grâce. Les gens du grand monde sont heureux dans le choix des mots; mais le trait acéré perce, et il faut avoir l'air de ne pas le sentir, à peine de se donner un ridicule. J'étais bien aise qu'on ne s'étendît pas trop là-dessus : je me sentais rougir en pensant que Fanchette... Je rompis la conversation en annonçant le mariage ébauché. Il ne manquait, pour l'achever, que de l'argent, et j'avouai franchement que je ne savais où en prendre.

Tout sert d'aliment à la frivolité. On oublia notre promenade, et on exigea que j'entrasse dans les moindres détails. A mesure que je parlais: je voyais croître l'intérêt que j'inspirais en faveur de Claire et d'Eustache. Les gens dissipés retrouvent quelquefois leur cœur. Ils ne vont pas au-devant du bien; ils le font avec plaisir, quand l'occasion s'offre d'elle-même. C'était à qui contribuerait au bonheur de mes petits protégés; chacun voulait être admis à la cotisation. Moi, je voulais donner ma maison et mon jardin en entier, et Sophie, qui venait de rentrer, n'entendait partager avec personne la satisfaction d'offrir son pré.

La comtesse éclata de rire, et je ne savais comment interpréter cette lubie. « Il est plaisant, dit-elle, qu'on se dis» pute à qui donnera ce que tous en» semble nous ne pouvons payer. J'ai dix » louis à peu près. J'en ai sept, dit Sou» langes, et moi quinze, » dit du Reynel. Sophie vide sa bourse sur ses genoux; je vide la mienne sur les genoux de Sophie, et il me semble qu'en ce moment j'établis entre nous une sorte de communauté. La même idée la frappe aussi: un coup-d'œil a parlé. Honneur à qui le premier donna pour nourrice à l'amour l'illusion et l'espérance!

Cependant entre nous tous nous possédions une soixantaine de louis, et avec cela on ne paye point mille écus; d'ailleurs Soulanges, la comtesse et du

Reynel ne voulaient donner leur argent qu'à condition qu'il ne leur serait pas rendu. Sophie se dépitait et moi aussi. Je proposai d'envoyer Baptiste à Paris; on répondit qu'on n'avait pas trop de deux domestiques. Je voulus sortir pour aller chercher un homme dans le village: on fit un signe à ce coquin de Baptiste, et je compris qu'il allait prendre les devants, et s'arranger de manière à ce que je ne trouvasse personne. La douce, la timide Sophie éclata à la fin. « Il est » affreux, dit-elle, d'aller ainsi sur les » brisées des autres. Quel droit avez- » vous de concourir avec nous au ma- » riage de ces enfans? Etes-vous les in- » venteurs du projet? En avez-vous seu- » lement eu la moindre idée? S'il vous » arrivait d'en avoir une semblable, irai- » je me mettre en tiers, et vous priver » du plaisir de l'exécution? De quel œil » verriez-vous une semblable présomp- » tion? Je veux donner mon pré; j'en-

» tends le donner seule, et je déclare
» que je me brouille avec quiconque
» m'opposera la moindre prétention.

» Elle a raison, dit madame d'Er-
» meuil. Elle a raison, répétèrent Sou-
» langes et du Reynel. Retirons-nous
» modestement, et ne nous mêlons plus
» de cette affaire-là..... que pour nous
» faire avoir de l'argent, m'écriai-je.

» Mais mon beau monsieur, me dit
» la comtesse, avec votre noble cha-
» leur, et vous, madame de Mirville,
» avec votre exquise sensibilité, vous
» êtes des étourdis. — Et en quoi donc?
» — Vous donnez une maison, c'est fort
» bien. Mais où coucheront vos mariés?
» A terre, dit Soulanges. Et la huche, et
» la table, et les chaises, reprit du Rey-
» nel? Et l'armoire au linge? — Et le
» trousseau de la mariée? — Et la pièce
» de vin à la cave? — Et le sac de blé au
» grenier? — Et le quartier de lard à la che-
» minée? — Et les instrumens aratoires?

» — Et l'âne qui doit porter les fruits à » Beauvais? — Ces enfans s'aiment; il » faut les marier. Ils ne peuvent faire l'a- » mour en public; voilà une maison où » personne ne les verra, quand ils auront » fermé porte et fenêtres. Du reste, ils » manqueront de tout, en attendant » le foin et les légumes. — Le joli plan » qu'ont trouvé là madame et monsieur! » — Il fallait être deux pour aller aussi » loin. »

Nous nous regardions, Sophie et moi, un peu honteux, et piqués d'une suite de plaisanteries, dont cependant nous sentions la justesse. Et le moyen d'y mettre fin? Il fallait de l'argent pour faire taire les railleurs, et nous n'en pouvions avoir que par l'entremise de madame d'Ermeuil.

« Madame de Miryille, dit-elle, quand » il me vient une bonne idée, vous » vous gardez bien de vous mettre en » tiers, et de me priver du plaisir de

» l'exécution. De quel œil verrai-je une » prétention semblable? Vous don» nerez à vous seuls le pré, la maison, » le jardin, mais rien de plus; et, moins » égoïste que vous, je consens que ces » messieurs concourent avec moi à four» nir ce que vous avez si complètement » oublié. Baptiste, faites venir La » Roche. »

«..........Monsieur La Roche, il me » faut quatre mille francs dans une » heure.--Madame, je tâcherai de vous » les trouver. — Vous les avez, ou » vous devez les avoir. — Vos fermiers » payent difficilement. — Vous enten» dez les affaires, et on m'a appris à » conduire les miennes. Je suis lasse » de m'emprunter à moi-même, et à » des intérêts assez hauts. — Comment, » madame la comtesse penserait-elle?... » —Monsieur La Roche, quatre mille » francs dans une heure, ou remplacé » dans huit jours. »

« Mesdames et messieurs, dit du » Reynel, que l'amour du prochain ne » nous fasse pas oublier ce que nous » nous devons à nous-mêmes. Pendant » que La Roche va faire semblant de » chercher ce qu'il a dans sa caisse, oc- » cupons-nous du déjeuner. » A peine avait-il parlé que la cloche se fit entendre. J'en fus fort aise : les courses du matin m'avaient donné un appétit dévorant. J'offris la main à ma charmante Sophie, et nous gagnâmes la salle à manger, en riant, en chantant, en folâtrant, gais de nos projets, étrangers à tout autre chose. Je crois que, si on passait la vie comme je venais d'employer deux heures dans la mienne, on aurait bien plus d'empire sur ses passions....... Oui, mais que serait la vie sans amour?

Femmes jolies, femmes aimables, femmes aimantes, qui ne faites qu'un éclair d'un jour, d'une semaine, d'un mois, d'une année, faut-il donc renoncer à vous ? Pour qui ces charmes séduisans, ces caresses délectables, si celui-là y renonce, qui est tout yeux pour vous voir, tout cœur pour vous aimer ?

En pensant cette dernière phrase, je me tournai vers Sophie. Elle me regardait avec une complaisance!........ Ses lèvres, ses yeux, son sein avaient une expression!.... Le coup électrique passa dans mes veines. Ah ! me dis-je, l'homme est fait pour aimer, comme le ruisseau pour caresser ses rives : il faut remplir sa destinée.

L'arrivée des fromages à la crême me tira de la plus douce rêverie. Que de souvenirs venaient avec ces fromages ! Je voyais la trace de la main qui les avait pétris. Là s'était fixé cet œil, alternativement si vif et si langoureux ; une gorge divine s'était inclinée vers le vase ; sa bouche avait peut-être soupiré le mot *amour*, en façonnant ces cœurs si blancs et si froids, et cette bouche, cette gorge, cette main, tout, tout fut à moi, peut-être à moi encore... Quelle pensée! Et c'est auprès de Sophie, au moment où mon genou vient d'imprimer doucement sur le sien serment d'aimer toute la vie, où son genou vient de répéter le serment, que j'ose.... Oh! je m'en punirai; je ne toucherai point à ces fromages, qui font sur moi l'effet que produisait sur les dieux l'ambroisie servie par Hébé.

Qu'ils sont jolis ces fromages! qu'ils sont appétissans!... Non, je n'y toucherai pas. O Sophie! reçois ce léger sacrifice. Je te l'offre en expiation de mes fautes.

Cependant du Reynel avait défiguré ces cœurs arrondis par Fanchette. Les arcs, les carquois étaient disparus sous la main du vandale : ce n'était plus que du laitage. Tout le monde était servi : j'avais courageusement refusé.

« Voilà de mauvais fromages, dit » madame d'Ermeuil; qu'en pense ma- » dame de Mirville? — Ils ne sont pas » excellens. — Détestables, s'écria du » Reynel. Ma foi, continua Soulanges, » j'en pense ce que disait Charles XII » du morceau de pain moisi : cela n'est » pas bon, mais peut se manger. »

Quoi! ces fromages ne vaudraient rien! Quoi! Fanchette peut mal faire quelque chose! J'en pris un peu au bout de mon couteau.... Non, ils ne sont pas bons; mais Fanchette est-elle obligée de tout savoir? N'est-ce pas pour être utile à cette pauvre mère Servent, qu'elle s'est avisée de ce qu'elle n'entend pas? Ne connais-je pas son motif? Ne dois-je pas récompenser l'intention? Bonne Fanchette, je veux t'épargner le reproche, toujours cruel pour un cœur sensible; je veux trouver tes fromages délicieux. J'en fis l'éloge le plus complet, et j'en chargeai mon assiette. Je la vidai, je la remplis, et à chaque cuillerée, je retrouvais cette main, cette gorge, ces yeux.... Ils donnaient vraiment un goût admirable au fromage.

Je ne laissai rien dans le compotier, et je me dis en finissant : j'ai vengé Fanchette et je l'ai justifiée.

« Mon ami, me dit du Reynel, » vous avez des goûts bien bizarres : » jamais je ne ferai de vous un gastro- » nome. » Il tira son Cuisinier royal de sa poche, et il allait me faire une longue énumération des fautes de l'ignorante fromagère, lorsqu'un bruit imprévu fit oublier le livre, les fromages et Fanchette.

C'étaient le père et la mère Servent; c'étaient les quatre marmots; c'était Claire, palpitante de joie, conduite par son Eustache rayonnant de plaisir : c'était enfin le père Tachard, que je n'attendais pas, qui ne devait pas être là, mais avec qui le bon Eustache n'avait pas eu la force de dissimuler. « Allons, » allons, dis-je à Sophie, pardonnons » à ce jeune homme. A quoi nous eût » menés sa discrétion? A aigrir des gens » qui désormais doivent s'aimer. Eustache » s'est conduit en enfant sensible et » soumis ; il s'est empressé de partager » son bonheur avec son père, et celui » qui se montre bon fils doit être bon » époux. »

On était dans ses grands atours. Tachard et son Eustache ont, ma foi, l'habit de drap d'Elbeuf et le bas de coton bleu. Le pauvre Servent n'a qu'une veste, encore est-elle éraillée au coude. La petite Claire cache ses charmes naissans sous le juste de molleton, le jupon de cotonade rouge, et le fichu de grosse mousseline. C'est bien peu de chose ; mais cela suffit à qui est parée de ses quinze ans. Ah, diable! il y a un trou au fichu! Sans doute elle n'a pas eu le temps de le boucher. Eustache ne lui en parlera pas. Trou perfide, qui trahit les secrets de la pudeur, qui laisse entrevoir le plus joli bouton... Et bien, ne vais-je pas encore m'occuper de celui-là?... Oh ! quel homme, quel vilain homme je suis!... Baissez les yeux, monsieur.

Servent paraît gêné dans sa veste, propre, mais usée. Son amour-propre souffre... Morbleu, je le mettrai à son aise, et, le jour de la noce, il aura aussi l'habit de drap d'Elbeuf sur le corps, et le demi-castor sur l'oreille.

Les deux pères s'observaient. Servent semblait craindre le propriétaire Tachard ; Tachard ne savait comment se rapprocher des Servent. Je pris la main de Claire. « Venez, ma belle petite, » embrassez votre beau-père, et deman- » dez-lui sa bénédiction. »

Tachard s'exécuta franchement. » Claire, dit-il, je t'ai toujours estimée,

» toi et tes parens : j'en appelle à mon-
» sieur. Mais un homme raisonnable
» ne marie ses enfans qu'après avoir
» pourvu à leur subsistance. Tu n'avais
» rien ; je ne pouvais rien donner : le
» ciel a jeté sur nous un regard de bonté :
» sois heureuse mère, comme tu vas être
» heureuse épouse. »

Les deux jeunes gens s'inclinèrent, et leurs parens les bénirent. Je l'ai dit quelque part : je ne sais si cette bénédiction est bonne à quelque chose, mais j'aime les enfans qui la reçoivent avec respect.

Tous les nuages étaient dissipés; une joie pure brillait dans tous les yeux. Tachard et Servent s'embrassèrent cordialement, et baisers de plaisir et de reconnaissance circulèrent dans la salle. Personne ne fut oublié. Je reçus aussi un baiser de la petite Claire, et ce diable de trou.... obligé de me baisser, pouvais-je ne pas le voir ?

Qui frappe si doucement à la porte?... Ah! c'est le notaire. Il a su que ses acquéreurs sont commensaux du château d'Ermeuil, il a pris l'habit gris et le dessous noir. Il accourt, les contrats d'une main, et l'écritoire de poche de l'autre. Il serait désespéré que nous prissions la peine d'aller chez lui...... En était-ce une, lorsque, ce matin, je rencontrai, je pressai dans mes bras.... celle.... Oh, Sophie! pardon; pardon, chère Sophie!

La porte s'ouvre encore.... C'est le bon curé qui vient nous féliciter tous. « Que la Providence accorde ses biens » à ceux qui font des leurs un si digne » usage. » J'étais vraiment honteux de recevoir tant et d'avoir si peu donné. Madame d'Ermeuil et le léger Soulanges même paraissaient nous porter envie. Leurs cœurs vibraient à l'unisson des nôtres. Je vis une larme se fondre sur a joue de la comtesse, et cela me fit plaisir.

Nous voilà tous attendris ; voilà une scène touchante, qui fait du bien à tout le monde, et cela parce qu'une petite fille, qui a un fichu troué, s'est endormie sur une chaise de cuisine.

Grands effets, petites causes : on ne voit que cela dans le monde. Qui peut répondre, en sortant de chez lui, de ce qu'il fera dans la journée ? L'homme, de sa naissance à sa mort, est le très-humble serviteur des circonstances.

Une gaieté douce succède bientôt au pathétique. « Vous venez à propos, » monsieur le curé, dit la comtesse. » Madame de Mirville et monsieur » vont signer les contrats de vente et » de mariage. Nous allons, nous, » nous occuper d'autre chose, et » comme un pasteur vigilant ne doit

» jamais être oisif, vous procéderez
» aux fiançailles : cette cérémonie n'est
» pas étrangère à la fête du *mai*. Répon-
» dons au vœu de ces enfans : lions-les
» autant que la loi le permet, Oh ! liez-
» nous, dit Eustache. Et bien fort répon-
» dit Claire. »

Qui diable vient encore ? « Allons
» donc, mère Servent, allons donc,
» petite Claire. Tout est à faire là-bas,
» et je vous cherche partout. Je vous
» renverrai, si vous n'êtes pas plus
» exactes. » C'est monsieur le chef de cuisine, tyran en sous ordre, et ceux-là ne sont pas les moins exigeans. Il n'ose montrer que le bout de son nez. Il l'a long : il dépasse l'ouverture de la porte entrebâillée. Oh ! celui-ci paiera pour le père Tachard : il me faut une victime.... Ne soyons pas trop dur cependant.

« Monsieur le chef, la mère Servent
» et sa fille sont de fête aujourd'hui.

» Madame la comtesse va faire l'inau» guration de la maison du père Firmin, » qui appartient à Claire. Vous avez » raison, dit madame d'Ermeuil. Rap» prochons-nous un peu de la nature. » — Vous avez entendu, monsieur le » chef. Distinguez-vous, je vous en prie. » Songez que vous allez travailler pour » une jolie fille, et surtout pour une fille » sage. »

Ah! mon Dieu, mon Dieu, qu'ai-je dit! Je n'ai pas vu Fanchette debout derrière un fauteuil, recueillant mes paroles, comme la fleur printanière pompe la rosée du matin. Quel coup je lui ai porté! j'ai froissé son cœur.... Pauvre cœur! et je ne puis le soulager!... Fanchette, ne me regarde pas ainsi.... Veux-tu que je tombe à tes pieds, dans tes bras, en présence de vingt personnes!

Ah! bon, voilà La Roche et ses sacs; on va agir : jamais je n'eus tant de besoin de m'occuper. Je saute sur un sac, je le vide sur le parquet ; je mets les écus en piles. Ma charmante Sophie prend le second sac, et compte, sans ménagement pour les plus jolis petits doigts ! Bientôt cette main délicate ressemble à celle d'une marchande de cerneaux. Elle en fit l'observation en riant. « Jamais, lui » dis-je, Claire et Eustache ne la » trouveront plus belle, et pour « moi cette main est toujours celle de » Sophie. »

Nous prenons ce qu'il nous faut. Nous déposons la somme sur le bureau devant lequel s'est placé le notaire. Il nous lit ses contrats, remplit les noms, qui étaient encore en blanc, et nous communique le certificat du conservateur des hypothèques, qui atteste que les biens acquis ne sont grevés d'aucune charge...... C'est un homme entendu, un brave homme que ce notaire-là. Je ne pensais pas à demander des sûretés : ma tête et mon cœur étaient à cent lieues du bureau des hypothèques. C'est le notaire aux sabots et au bonnet de coton qui recevra mon testament mystique, si jamais j'en fais un.

Voilà le premier de ces momens précieux, à travers lesquels Eustache et Claire arriveront à la célébration du mariage, le moment de la signature des contrats. Les futurs époux et les parens déclarèrent ne savoir signer, parce que leurs pères avaient jugé inutile que leurs enfans en sussent plus qu'eux.

Comme cette bonne petite Claire tremblait en faisant sa *croix!* Comme elle était rouge! C'est une si terrible chose que le mariage! Fillette naïve tremble toujours en pensant à cela, et cependant elle n'en parle jamais sans sourire.

Eustache se présenta d'un air décidé. Il écrasa sa plume en formant ses deux traits, et il regarda Claire d'un air qui voulait dire : je briserai tout comme cette plume. Je ne sais si la petite l'entendit ; mais elle baissa les yeux et rougit plus fort. Comme elle me parut gentille! C'est que le fard de la nature sied toujours si bien !

Le tour des donateurs vint ensuite. Je plaçai mon nom à côté de celui de Sophie, et un même paraphe les entoura et les unit.

Madame d'Ermeuil, Soulanges et du Reynel signèrent aussi au contrat de mariage. Tachard nous assura que la signature de gens respectables porte toujours bonheur. Le vrai bonheur est de signer pour soi. Ah! Sophie, Sophie, si ce tableau si intéressant, si naïf, si la force de l'exemple....... Non, non, le moment n'est pas venu encore.... Laissons mûrir pensers d'amour.

CHAPITRE IV.

Défiez-vous des ânes.

On était allé à la municipalité inscrire Claire et Eustache. Le curé avait envoyé chercher son aube, son étole et son rituel. Madame d'Ermeuil dictait à Soulanges, son secrétaire sur plus d'un article, l'état des choses qu'elle voulait donner ou acheter. Du Reynel était allé tourmenter monsieur le chef. Moi, je causais avec Sophie. Notre conversation était extraordinairement animée, et cependant nous ne disions rien : je tenais sa main et je regardais Eustache; elle serrait la mienne et regardait Claire..... Elle est dévote, elle est craintive, mais elle est femme.... Pensers d'amour mûriraient-ils?

La cérémonie commence. Claire et Eustache sont à genoux. Fanchette aussi prie avec ferveur. Quel intérêt porte-t-elle à Claire?.... Peut-être rien de ce qui me touche ne lui peut être indifférent. — Peut-être encore prie-t-elle que la grâce accordée à Claire s'étende jusque sur..... Cela ne sera jamais.

Le bon curé termina les fiançailles par une exhortation pastorale. Il parla de la dignité, des devoirs et des douceurs du mariage, et il ne s'en tira pas trop mal. Il finit en disant aux futurs époux que leurs promesses mutuelles étaient déjà écrites dans le ciel; que des motifs de la plus haute importance pouvaient seuls les annuler, et qu'ils devaient dès ce moment se considérer comme irrévocablement unis. *Amen,* dit Eustache en faisant une gambade, et en embrassant Claire.

Que veut-il dire avec son *amen?* Cet *amen*-là ne me paraît pas du tout placé à propos..... Ah! le trouble, la joie..... Et puis on peut fort bien être très-amoureux et ne pas connaître l'acception de ce mot-là.

Madame d'Ermeuil a remis sa liste à Franchette. Fanchette vole; Baptiste et son camarade courent; tout le monde est en mouvement. On monte, on descend, on prend, on apporte. Un ameublement bien simple, mais bien solide, arrive, par parties, des combles dans la salle à manger. Claire et Eustache ouvraient des yeux!.... « Oh! si nous en avions autant, » disait Eustache à Claire! » Et il regardait le lit, il le regardait!..... C'est un égrillard cet Eustache..... Hé! ne l'est pas qui veut.

« Mon ami, lui dit madame d'Ermeuil, » va chercher le cheval et la charrette de » ton père. — Pourquoi faire, madame » la comtesse? — Pour porter tout cela » chez toi. »

Voilà qui est clair. Eustache rougit,

pâlit, tremble, saute, prend sa fiancée dans ses bras, la baise, la rebaise........ Oh! comme il aime à baiser!.... Baisers d'amour sont si doux! hélas! j'en sais quelque chose.

Il part comme un trait. Claire s'accroche à la basque de sa veste et le suit. Je suis sûr que dans cinq minutes la charrette sera ici. Ce que c'est que le sentiment de la propriété, que celui d'une jouissance inattendue!

Madame d'Ermeuil profite de leur absence. Elle retourne ses armoires, aidée de Sophie et de Fanchette. Chemises de femmes, chemises du général, draps de lit, serviettes, fichus, cravates, bas, mouchoirs, tout cela s'arrange par demi-douzaines. Tout cela est trop fin, mais les jeunes gens en gagneront d'autres, et puis cela ne coûte rien, ce qui est à considérer.

Une robe de taffetas gris sera convertie en jupon et en corset pour la petite mariée. On tirera du manteau du général, habit, veste et culotte bien longs, bien larges, et doublés de même comme l'habit complet de l'avocat Patelin.

On met de côté un paquet de rubans, encore assez passables, et qui paraîtront neufs, quand Fanchette les aura repassés. Bonne Fanchette! quelle ardeur, quelle intelligence elle met à ces apprêts. Elle n'oublie rien, elle indique tout à la comtesse. L'étonnante chose que des préparatifs de noces! Comme ils éveillent, agitent, occupent agréablement ceux qui en sont chargés, les petites filles surtout! C'est qu'une petite fille a l'imagination si alerte!

Baptiste court chez le tailleur du village, André chez la couturière. Il faut qu'ils quittent tout, qu'ils oublient tout, qu'ils arrivent à la minute, à la seconde. Et nous aussi nous sommes en l'air. Je vais acheter la pièce de vin, Soulanges le sac de blé ; le gastronome du Reynel choisira le quartier de lard : ceci le concerne spécialement.

Où diable est donc ce gros garçon ? je le croyais à la cuisine, et monsieur le chef ne l'a pas vu. Un dîner, dont du Reynel n'a pas réglé le menu ! cela est étonnant, incroyable.

Soulanges part de son côté et moi du mien. Déjà Tachard et les Servent ont publié partout l'heureux événement. Déjà les groupes se forment aux coins des rues. Les uns applaudissent au bonheur de Claire, d'autres semblent y porter envie ; tous conviennent franchement que la comtesse et ses amis sont dignes d'être riches. Nous traversons une première rue au bruit des *bravo* répétés.

J'aime à mériter les *bravo* et non à les entendre. Je sais qu'il n'est personne qui ne trouve des flatteurs : Néron aussi avait les siens. Je me réfugiai dans un cellier, dont la porte était ouverte et dont le propriétaire se présenta aussitôt. Il débuta par des félicitations, des éloges. « Ce n'est pas de cela qu'il s'a» git, mon cher, mais d'une pièce de » vin. — Monsieur, j'en ai de trois qua» lités. — Combien le meilleur ? — Cin» quante francs. — Les voilà. Roulez » tout de suite la pièce chez le père » Firmin. — Monsieur veut dire chez » Eustache Tachard. Oh ! je sais tout. » Braves, honnêtes gens, soyez bé» nis. »

Que de bénédictions ! Je n'avais plus un cheveu qui ne dût faire des miracles. Je me sauve, j'échappe à ce dernier *bénisseur* ; je retrouve le tilleul contre lequel je m'étais appuyé le matin, lorsque Fanchette... Je reconnais la rue qui conduit aux champs, à cet arbre sous lequel j'aurais voulu étouffer mon cœur. Pourquoi chercher ce qui rappelle des idées pénibles ? Remords d'amour seraient-ils du plaisir? Il faut bien que cela soit, car je m'approchai du tilleul. Je m'y appuyai, comme je l'étais précisément le matin, quand elle me disait avec tant d'expression..... Il me semble la voir, l'entendre....

Cependant je ne peux rester là, planté comme un piquet. Sans réflexion, sans projet, peut-être sans savoir ce que je fais, je prends cette rue qui mène aux champs, je marche, tout entier à mes idées, ou plutôt tout à Fanchette. Oh! comme je l'aimerais cette Fanchette, s'il n'existait pas une Sophie!

Un spectacle nouveau me frappe et m'arrache à ma rêverie. Quelle est cette apparition? Un homme de haute stature, monté sur un superbe cheval. L'un et l'autre sont bardés de fer. La pique, la lance, le casque, des timbales, je distingue tout, et je ne devine pas l'objet de cette mascarade. Le carnaval est fini, et il n'y a plus de chevaliers errans.

Je m'avance hardiment, la tête haute, dussé-je être le géant à pourfendre, et à mesure que le chevalier s'approche de moi, il perd de sa taille et de sa considération. Quelle fable que celle des bâtons flottans sur l'onde, et que de grands ne sont que des bâtons !

Bientôt le coursier fougueux, qui couvre son mords d'écume, n'est plus qu'un âne, qui marche la tête basse, et les oreilles penchées horizontalement ; les timbales sont deux paniers attachés au bât ; la pique se change en bêche, la lance en râteau, le bouclier en une paire d'arrosoirs, et le casque est tout simplement une marmite de terre, dont le chevalier s'est coiffé, probablement parce qu'il n'y a plus de place dans ses paniers.

Oh ! qu'il est rond ce chevalier ! quel embonpoint, quel ventre !... Serait-ce ?..

Oui, parbleu.... Hé non.... C'est lui, c'est lui-même. Le gros du Reynel est allé chercher au village voisin ce qu'il n'a pas trouvé dans celui-ci, et il est tout simple de voyager comme Sancho, quand on est taillé comme lui.

Voyons s'il est aussi brave que le plaisant personnage qu'il me rappelle. Je me jette dans une pièce de vignes, je m'y tapis, et j'attends mon homme au passage. Lorsqu'il est vis-à-vis de moi, je me lève tout à coup, je pousse un grand cri, je frappe dans mes mains et je fais la grimace. Du Reynel me reconnaît et sourit. Mais le grison, qui sans doute n'est pas habitué aux grimaces, et qui n'aime pas qu'on lui crie dans les oreilles, les dresse, s'effraie, saute en dépit de son cavalier, rue, et fait tant qu'il opère une séparation de corps. Il se lance dans les vignes, accroche un panier là et l'autre ici; brise dix échalas, en arrache trente; laisse le fond d'un panier à droite, la moitié du second à gauche, casse, brise tout et continue ses caracoles.

Je vais à du Reynel. Il est tombé assez mollement sur la poussière; mais il en est chargé; son double menton, son front toujours moites, en ont retenu une couche épaisse. J'allais rire de la plaisante figure de mon *redresseur de torts*, lorsque j'entends les vociférations de trois ou quatre paysans qui travaillaient dans la vigne. Ils tempêtent, ils jurent contre nous, et, armés de leur redoutable *tournée*, ils se mettent à la poursuite de l'âne qui dévaste tout. Je cours aux paysans pour les calmer; ils semblent avoir des ailes et ce chien d'âne aussi.

Outrés de ne pouvoir le joindre, ils se tournent contre moi, et je me vois, sans moyen de défense, exposé à combattre des gens armés d'instrumens lourds et tranchans, et cela parce que j'ai fait la grimace à un âne.

Je commence un assez beau discours sur la nécessité de la modération, et je m'aperçois dès les premières phrases que mes adversaires sont insensibles aux charmes de l'éloquence. Ils avancent toujours d'un air menaçant, et, nouveau Xénophon, orateur par goût, guerrier par circonstance, je m'arme d'un échalas pour parer les coups, et tâcher de faire une retraite égale à celle des *dix mille*.

Vaine espérance! présomption déplacée! je suis cerné, je ne peux m'échapper, et toute capitulation est impossible avec des ennemis qui ne veulent rien entendre. Les coups vont tomber sur moi comme la grêle ; les bras sont levés ; deux toises à parcourir encore et le chirurgien du village aura de l'occupation pour quinze jours....

Bonheur inattendu ! ressource inespérée ! une femme se jette au milieu des deux partis. Semblable à ces Sabines, qui firent tomber les armes des mains de leurs maris et de leurs amans, celle-ci fait parler dans son jargon barbare tous les genres d'amour possibles, le conjugal, le paternel, celui de l'humanité, et l'œil oblique de la justice est le sujet de sa péroraison.

Un baiser donné à propos à son homme, un bambin de trois ans qu'elle lui met dans les bras, font tomber la redoutable *tournée*. Cependant il existait un reste de rancune, qui se manifestait par des mots entrecoupés et des menaces très-directes. « N'serait-il pas « indigne, Jacques, reprend la bonne « femme, d'maltraiter un ami d'not'on-« cle Antoine ? — D'l'oncle Antoine, « Catherine, et d'où sais-tu ça ? — Je « venons de l'rencontrer. Allez vite, « m'a-t-il dit, au secours de c't ami « qu'i's allont assommer, parce qu'i'

« court après mon âne, qui vient de « m'culbuter. — V'là qui change la face « d'l'affaire. Touchez-là, monsieur. « Pis qu'os êtes l'ami d'l'oncle Antoine, « tout est oublié. »

Jamais, je crois, je ne touchai la main d'un homme d'aussi bon cœur. Qu'on vienne à présent, pensé-je, qu'on vienne me dire que les femmes n'ont pas toujours l'esprit du moment. Celle-ci n'ignore pas, dans sa simplicité, que gagner du temps, c'est tout gagner sur un homme en colère. « Mais, « Catherine, d'après la let' d' l'oncle « Antoine, i' n' devait arriver que c' « soir. — Tredame, Jacques, quand on « est monté sur un âne comme stilà ?... « — Oh, c'est eune fameuse bête ! Et « ous que tu l'as laissé l'oncle Antoine ? « — Là bas sur l' chemin. Oh, il est « gros, il est gros, à n' pas le reconnaî« tre. — Écoute donc, femme, on change « en quinze ans. »

Elle est adroite, cette Catherine. Au village, comme à la ville, les femmes font tout croire à leurs maris. Nous avons deux cents pas à faire encore et qui prendront un quart d'heure au moins sur la colère de Jacques, car je vais l'amuser à chaque brin d'herbe. Je lui parlai de ce ton caressant, qu'on prend toujours envers l'homme qu'on veut apaiser. Je louai son amour du travail, la manière dont il cultivait sa vigne, quoique je n'y entendisse rien. Je perdais mon temps et mes phrases; Jacques ne m'écoutait pas. Il passait sa veste, il reprenait ses sabots; il envoyait un de ses journaliers après l'âne et les effets dispersés dans sa vigne; en agissant, en ordonnant, il marchait toujours, je ne pouvais l'arrêter, et je pressentais que s'il ne voulait pas reconnaître l'oncle Antoine, sa colère allait se ranimer, et que l'innocente supercherie de sa femme la rendrait peut-être plus violente.

Je me décidai à le devancer, et cela ne me fut pas difficile : j'étais, moi, très-légèrement chaussé. Je vis bientôt que je pouvais m'échapper. Mais abandonner du Reynel, qui ne marchait qu'avec une peine extrême, c'est ce que j'étais incapable de faire, toutes les *tournées* du village eussent-elles été levées sur ma tête.

« Mon ami, lui dis-je, persuadez au « vigneron, qui me suit avec ses gens, « que vous êtes un certain oncle An- « toine, ou ils nous feront un très- « mauvais parti. — Qu'est-ce que c'est « que cet oncle Antoine? — Ma foi, « tout ce que j'en sais, c'est qu'il y a « quinze ans qu'on ne l'a vu. — Com- « ment se nomme le vigneron? — Jac- « ques. — Jacques! et sa femme? — « Catherine. — un oncle Antoine, Jac-

« ques, Catherine! me voilà bien ins-
« truit! que diable voulez-vous que je
« dise? — Catherine vous mettra sur la
« voie. Elle est disposée en notre fa-
« veur. »

Il fallut se taire : Jacques arrivait. Il sauta au cou de du Reynel sans trop le regarder. Catherine l'embrassa à son tour, et lui fit baiser le visage crasseux du petit bambin. Du Reynel se prêta de bonne grace à toutes ces accolades, et jusque-là, les choses allaient assez bien. « Parbleu, not'oncle, dit Jacques,
« c'ment s'fait-i' qu'ous soyez venu de
« Nevers ici avec la farine d'vot'mou-
« lin sus l'corps, et sus le visage? — J'a-
« vions pris not'habit des dimanches,
« neveu Jacques, et j'nous étions dé-
« barbouillé; mais c'diable d'âne....
« — C'ment, not'oncle, reprend Cathe-
« rine, c'est de la poussière, tout çà? »
Et la voilà qui secoue les habits de l'oncle Antoine, et qui lui essuie le visage

avec son tablier. Elle perd la tête, pensé-je. Pourquoi donc lui mettre la figure à découvert ?

« Mordienne, not'oncle, dit Jacques, « savez-vous bien qu'ailleurs qu'ici je « n'vous aurions pas reconnu ? oui, « continue Catherine, ous aviez un nez « qui n'finissait pas. » La sotte observation ! Comment du Reynel se tirera-t-il de là ? il est camard comme un carlin.

« Ah, m's enfans, répondit-il, un « pouce d'nez d'pus ou d'moins n'tient « pas à grand'chose. I'y a dix ans j'ons « fourré l'not' trop près d'la lanterne, « et j'en ons laissé la moitié dans l'en-« gernage. — Comme çà vous change un « homme, oncle Antoine. — Et c'te « graisse qu'est venue par là-dessus ? — « Enfin Dieu soit loué qu'la tête n'soit « pas restée avé l'nez. — Et c'te tante, « c'ment s'porte-t-elle ? » — Allons, voilà Catherine qui va lui faire subir un interrogatoire. Je n'y comprends plus rien.

« Toujours un peu grondeuse, not' « femme, à çà près bonne personne. « Et l'cousin Philippe ? — Oh, c'est un « maît' gars', nièce Catherine. C'est fort « comme un Turc ; çà s'bat comme un « diable ; çà casse des vitres, c'est un « plaisir ; çà baisotte les fillettes, faut « voir, et çà joue du violon à faire dan- « ser à la grand'pinte à Paris. »

Je tirais Catherine par sa cotte ; je la regardais d'un air suppliant : il était impossible que du Reynel ne dît pas bientôt quelque balourdise. « Quoi donc « qu'i' m'veut c'monsieur-là, dit-elle « brusquement. » Il est clair que j'ai fait à Catherine plus d'honneur qu'elle ne mérite, et qu'elle croit vraiment à la présence de l'oncle Antoine.

« C'monsieur-là, nièce Catherine, « c'est not' premier garde-moulin. » Ma veste de nankin rendait la supposition vraisemblable. « I' n'hait pas l'bou- « chon, et i'veut vous dire qu'il aime-

« rait mieux boire un coup qu' causer.
« — Dame, c'est vrai not' femme : on
« s'amuse à jaser et on n'avance pas.
« Ah, not'oncle, v'là vot'âne q'Gustin
« ramène. »

L'âne, fatigué de courir, s'était amusé à croquer des bourgeons de vigne, et Gustin, ou Augustin, comme il vous plaira, avait enfin saisi le licou. Il avait retrouvé le bât, un peu fracassé, mais susceptible d'être rétabli ; il avait disputé et arraché au chien du neveu Jacques le reste du quartier de lard ; pour la vaisselle, il n'en rapportait que les débris. Il avait entassé le tout dans les paniers, rapetassés tant bien que mal avec des brins d'osier, destinés à fixer les ceps aux échalas.

Chacun aide à remettre l'oncle Antoine sur sa monture, et on me promet chopine du meilleur du crû, quand nous serons arrivés au hameau, qu'on me montre du doigt, là-bas, à mi-côte.

Nous tournons le dos au château d'Ermeuil, et je ne prévois pas le moment où il nous sera permis d'y retourner. Chien d'âne ! maudit âne !

Je craignais que Catherine reprît la suite de ses interrogations, et probablement elle y était assez disposée. Je tâchai de fixer son attention sur d'autres objets et je parlai d'un ton affecté de l'accident qui privait l'oncle Antoine de la satisfaction d'offrir à sa nièce le plus bel assortiment de faïence de Nevers. Je regardais tristement ce quartier de lard mâchonné, naguère si appétissant, et dont Jacques eût mangé une grillade avec tant de plaisir en revenant de sa vigne.

Rien ne dispose à la confiance comme un cadeau, et un cadeau de cette *importance* eût dissipé tous les doutes, si du Reynel en avait inspiré. A la vérité, tout est en pièces; mais l'intention est évidente, et elle est toujours comptée pour quelque chose. Catherine sourit à l'intention, et la paye d'un baiser à pleines joues, dont du Reynel se serait bien passé.

En continuant de marcher, Catherine retournait le morceau de lard ; elle rapprochait les tessons d'une assiette, d'un plat, d'une casserole; elle remarqua avec complaisance que la plupart des pièces étaient susceptibles d'être recousues; et comme la gueule d'un chien est très-saine, elle comptait faire d'excellente soupe avec ce qui restait du quartier de lard. Je la contredisais pour soutenir la conversation. Nous approchions du hameau, en parlant de choses qui ne pouvaient compromettre notre identité. Antoine la maintenait, en caressant avec assez de naturel le petit bambin, qui n'avait pas manqué de vouloir monter sur l'âne et qui faisait au cher oncle une pièce d'estomac qui le suffoquait.

Cependant Jacques et ses trois journaliers serraient du Reynel de très-près, le premier pour lui faire amitié, les autres pour lui faire honneur. Le plus mince des quatre était de force à assommer un homme ordinaire d'un coup de poing. Je n'étais pas à mon aise. Je sentais la nécessité d'abréger cette scène, en éloignant de pareils surveillans, et quelque fougueux que paraisse Jacques, je lui ferai peut-être entendre raison, quand je n'aurai affaire qu'à lui seul.

Ah, la bonne, l'excellente idée! « Dites donc, not' maître, M. Gustin « a rapporté bien d's affaires. Mais « dans tout çà, je n'voyons pas vot' pa« quet. 'Ous n'aurez pas d'main eune « chemise à mettre. » Personne n'avait encore pensé qu'on ne vient pas de Nevers à Beauvais sans une petite valise. On pouvait en faire l'observation et il n'était pas maladroit de la prévenir.

« Ah, mon Dieu, reprend du Rey-« nel, qui saisit ma pensée, mon pauvre « sac-à-peau! Quatre chemises fines, « nièce Catherine, un gilet d'basin, une « paire d'souliers neu', mon rasoir d'-« Langres, et un polichinelle de quinze « sous que j'apportons à ton fieu! en-« voie donc, Jacques, envoie tes gens « après mon sac. I' sera tumbé dans « queuque trou. »

Du Reynel n'avait pas fini, que le petit garçon se débattit des bras et des jambes, et se mit à crier comme un enragé. Il voulait son polichinelle, à l'instant, à la minute. Jacques en débarrassa l'oncle Antoine, qu'il incommodait beaucoup; Gustin le prit dans ses bras, les deux camarades suivirent, et tous trois reprirent le chemin de la vigne.

Je commençai à respirer, et je mesurai Jacques des yeux. Cet examen me persuadait de plus en plus du danger des voies de fait. Cependant du Reynel ne pouvait pas toujours être meunier et moi garde-moulin. Il fallait prendre un parti, et avant que je fusse décidé à quelque chose, nous entrâmes chez le cher neveu.

Il débuta par nous verser rasade. Moi, je me fais assez volontiers à tout, même au vin du crû ; mais le gourmet du Reynel fit une grimace épouvantable. « Dame, not'oncle, l'vin d'Beauvais « ne vaut pas stila d'Nevers, mais tel « qu'il est, je vous l'offrons d'bon cœur. » Jacques sort tout à coup, après avoir prononcé ces paroles affectueuses. Catherine nous verse un second coup, prend son grand couteau et disparaît. Sans doute elle va couper le cou à quelque volaille, cueillir quelques légumes, que sais-je? Ce qu'il y a de certain, c'est que nous voilà maîtres de nos actions, et que nous n'avons rien de mieux à faire que de déloger sans bruit. Je communique ma pensée à du Reynel; il se lève, il me suit; nous cherchons notre âne; nous le trouvons dans la paille jusqu'au ventre, et la tête dans un boisseau de son. Il faut convenir qu'on est bien traité chez le neveu Jacques. Cependant détalons lestement et enfilons le premier chemin creux qui s'offrira.

J'ai mis un genou en terre; je présente l'autre à du Reynel. Il prend sa jambe gauche à deux mains, et parvient à la monter sur ma cuisse; il se cramponne au bât; je le pousse de ma tête, fixée à son postérieur; encore un effort, et il sera en selle. « Oncle Antoine, oncle Antoine, ous donc qu'o's « êtes? » C'est la voix terrifiante de Jacques.

Du Reynel veut sauter à terre et tombe dans la litière; il m'entraîne avec lui, il roule sur moi; je crie aussi fort que le permet le fardeau qui m'écrase. Jacques accourt à l'écurie ; il s'imagine que le garde-moulin rosse le meunier, et ne parle de rien moins que de m'assommer. Il a avec lui une demi-douzaine de paysans, qui ne demandent pas mieux que de lui aider. Fort heureusement du Reynel n'a pas perdu la parole. Il jure énergiquement contre son âne, qui nous a, dit-il, culbutés d'une ruade. Je me plains d'un mal violent aux os de l'estomac, qui, en effet, a été produit par l'excessive pesanteur de du Reynel.

On nous relève; on conseille à l'oncle Antoine de se défaire d'une bête qui finira par le tuer. Jacques lui présente ensuite son cousin, son compère, son bon ami, son tonnelier, et un bon convive, qui sait plus d'une chanson gaillarde. Du Reynel est obligé de frapper dans la main à tous ces gens-là, et de leur prêter sa grosse face. On nous reconduit à la maison, et au lieu de quatre adversaires, nous en avons six.

Dame Catherine a déjà plumé une poule et deux canards. Elle racle un demi-cent de carottes, qui vont cuire avec une tranche, proprement coupée, du lard que nous avons apporté. Il est clair qu'on veut fêter l'oncle Antoine, et que nous ne trouverons plus l'occasion de nous échapper. Tout cela me tourmente, me fatigue ; je veux retourner au château. Quelque violent que soit Jacques, je le calmerai probablement, en lui payant dix fois la valeur de ses échalas.... Oui, mais Jacques paraît à son aise : s'il tient plus à la vengeance qu'à quelques écus ?.... Il y a un milieu entre tous les extrêmes ; je l'ai trouvé, et je vais le prendre.

En ma qualité de garde-moulin, je suis un homme sans conséquence, et je puis aller et venir sans être remarqué. Je sors, je prends mon crayon, j'écris à Soulanges quatre lignes, assez pressantes pour le faire accourir, et assez obscures pour qu'on n'en puisse rien conclure de positif, si le billet est intercepté par Jacques ou sa femme. Je vois une maison ; j'y vais, j'y entre ; j'expédie, pour le château d'Ermeuil, un jeune garçon que je paye bien, et à qui je fais entendre que la lettre est pour un de mes parens, valet de chambre de la comtesse d'Ermeuil.

On n'a pas une minute à soi avec ces neveux-là. C'est maintenant Catherine, qui craint que je ne me trouve mal des suites de la ruade, qui court après moi, qui me cherche de tous les côtés, qui me prend sous le bras, qui me ramène chez elle, et qui me force à boire un litre de vin chauffé avec du miel, remède infaillible, dit-elle, contre tous les coups de pieds possibles.

Le vin, et la certitude de notre prochaine délivrance me mettent en belle humeur. J'entonne la fameuse chanson du menuisier de Nevers : *Aussitôt que la lumière*, etc. Tous les auditeurs s'extasient sur ma voix, et jurent qu'il n'y a pas en France un garde-moulin capable de me *dégoter*. L'oncle Antoine leur conte, avec un grand sérieux, que j'ai appris la chanson de maître Adam lui-même ; il raconte cent anecdotes vraies ou fausses du poëte au rabot ; on ne pense plus à nous faire de questions ; on rit, on cause, on boit sur-tout, et plus on trouve l'oncle Antoine aimable, plus on lui verse, et plus on ajoute à son dégoût.

Malgré les instances réitérées de Jacques, nous nous ménageons autant que le permettait l'esprit de nos rôles ; mais les amis du neveu boivent sans interruption. Les têtes s'échauffent, et il est décidé que les hommes ne jouiront pas seuls du plaisir de voir l'oncle Antoine et de trinquer avec lui. Chacun est prié d'aller chercher sa ménagère, et Catherine, qui veut faire noblement les choses, ajoute à ses apprêts une chaudronnée de pommes de terre, que Jacques, d'un bras nerveux, accroche à la crémaillère. Quels bras il a ce neveu Jacques !

« Allons not'femme, pendant que « nous v'là seuls, arrangeons la couchée. « P't-et' que c'soir, j'serons comme « j'étions dimanche, pas capab'de rien. « J'donnons not'lit à l'oncle Antoine. — « Non, neveu, je n'souffrirons pas.... « — Vous l'souffrirez, ou je n'nous ap- « pelons pas Jacques. Catherine, des « draps au lit. Pour c'qu'est du garde- « moulin, eune bonne couverture et « l'grenier à foin, v'là son affaire. » Encore un grenier à foin !... Le triste gîte, quand on y est seul ! Quel lit, quand on y est deux !

Mais il semble que le neveu Jacques a l'intention de nous garder huit, quinze jours, un mois. C'est un bon diable que ce neveu Jacques. Si je m'expliquais franchement avec lui ?... Mais ses échalas rompus, ses ceps arrachés, sa bonne foi trompée, son vin bu, ses canards saignés, et ses bras, ses bras!... Attendons Soulanges.

« Un moment, un moment, nièce « Catherine, c'n'est pas comme ça qu'on « arrange des canards. » Et voilà l'oncle Antoine qui détache le tablier de la nièce, qui s'en accommode, qui tire de sa poche son Cuisinier impérial, qui l'ouvre à l'article *canards aux navets*, et qui dit gravement au neveu Jacques : « Vois-tu c'livre-là, c'est l'premier livre « du monde. C'est l'menuisier d'Nevers « qui l'a composé, et c't'ouvrage-là lui « vaudra l'einmortalité. Diable, disait « Jacques! Oui, disait Catherine? C'est « pourtant vrai, disais-je. »

L'oncle Antoine cherchait dans l'immortel ouvrage l'article *vieille poule dure* et ne le trouvait pas. « Not'maître, « lui dis-je, rendez-la tendre et vous « serez au courant. T'as raison mon « gars. » Et l'oncle Antoine prend un manche à balai et bat la poule, jusqu'à dissolution des parties.

Catherine faisait le lit ; Jacques fumait dans la cour. « Comment tout « cela finira-t-il, me demanda du Rey- « nel ? — Bien, mon ami, Soulanges « va venir : je lui ai écrit. — Si à toute « force il faut dîner ici, mangeons au « moins des choses supportables. C'est « bien assez d'être condamnés à boire « du vinaigre. »

Quel brouhaha frappe mon oreille ? Ce ne peut être Soulanges. D'après mon calcul, il s'écoulera deux heures encore avant qu'il soit ici. Ah, c'est le cousin, le compère et compagnie qui arrivent bras dessus, bras dessous avec leurs femmes, en chantant et en sautant. Comment donc! ces dames sont parées, et en voilà une qui n'est pas trop mal. Elles ont toutes le bouquet au côté, et un autre à la main : encore un hommage à l'oncle Antoine.

La bande joyeuse entre, et le tonnelier, homme d'esprit, à ce qu'il croit, à ce qu'il fait croire, comme tant d'autres, sans qu'on sache pourquoi, le tonnelier adresse à l'oncle Antoine, au nom des habitans du hameau, un compliment où il ne comprend rien, ni nous non plus. L'oncle Antoine a quitté son tablier; il s'est assis dans le grand fauteuil de bois du neveu Jacques, et il reçoit d'un air tout-à-fait aimable un bouquet et deux gros baisers de chacune de ces dames.

Debout, derrière le fauteuil de mon meunier, je prenais gravement les bouquets, qu'il me passait à mesure qu'il les recevait, et je les jetais dans une terrine de terre cuite que Catherine avait été remplir à la mare, dès qu'elle avait aperçu le cortége.

« Ah, sacrebleu, nièce Catherine, » mes navets brûlent! » En disant ces mots, l'oncle Antoine se lève vivement, lourdement, maladroitement. Il met un pied dans la terrine et la défonce. L'eau boueuse roule sous le jupon de cotonade rouge de la tonnelière. Elle fait un saut en arrière et tombe sur le cousin, le cousin sur la commère, la commère sur le tonnelier, le tonnelier sur Catherine, Catherine sur l'oncle Antoine, l'oncle Antoine sur Jacques, Jacques sur la chaudière aux pommes de terre; l'eau de la chaudière inonde les canards aux navets; le chien profite de la bagarre, il emporte la poule.

Les bras, les jambes se mêlent, s'embarrassent; on roule, on est roulé. Un malheureux chat se trouve sous les jupons de la tonnelière, la plus gentille de ces femmes, celle que j'ai remarquée. Il veut se dégager, et lui imprime ses quatre griffes, vous savez.... La pauvre petite pousse des cris affreux. Je me tire de la mêlée, je cours à l'aide de la tonnelière, et je la délivre de son impitoyable adversaire. Le tonnelier voit mes mains agir avec activité; il s'indigne, il s'irrite. Retenu lui-même sous le cousin et l'oncle Antoine, il m'allonge d'assez loin un coup de poing et un coup de pied. Le coup de poing tombe sur l'oreille de Jacques; le coup de pied dans le derrière de Catherine. Jacques enlève, écarte tout ce qui gêne ses mouvemens; le voilà debout. Il va venger sa femme et lui.... Il marche sur la patte du chat, qui lui enfonce les trois autres dans le gras de jambe. Jacques rugit de fureur; le chat miaule d'une manière épouvantable. Pour la seconde fois, j'attaque le matou; je le saisis à travers le corps, je l'enlève au plafond, et je l'étouffe dans mes mains, comme.... comme Hercule étouffa Antée. La comparaison est riche, si elle n'est pas juste.

Jacques me serre la main en signe de reconnaissance, et la colère tombe où commence un sentiment doux. On s'entr'aide, on se relève, on se parle. Il devient évident que je n'ai pas attenté à l'honneur de la tonnelière, mais que je lui ai rendu un service signalé. Son mari n'en saurait douter, puisque c'est elle qui le dit, elle me regarde du coin de l'œil. Que veut dire cette œillade? Elle espère peut-être qu'il y a un second chat dans la maison.

On est chiffonné, crotté, mais on rit, L'oncle Antoine seul a de l'humeur : la poule est croquée, les canards nagent dans l'eau, et il est trop tard pour refaire un dîner. « Allons, allons, not' » oncle, à p'tit manger, bien boire. — » Oui, bien boire, ça vous est aisé à » dire. — La chanson avec ça, et je ne

» penserons p'us à rien. Pas vrai, garde-
» moulin ? » Et le neveu Jacques, en finissant sa phrase, m'applique d'amitié sur l'épaule une tape à me démonter un bras.

Chacun se mêle de la cuisine. Les uns épluchent les pommes de terre; les autres tirent du pot les carottes et le lard. Le beurre frais, les herbes fines foisonnent partout. Une nappe, bien grosse, mais bien blanche, couvre une table de dix-huit pouces de large sur deux toises de long. Les fourchettes sont de fer, mais clair comme l'acier poli. La miche de pain de seigle figure entre les deux plats. Jacques roule dans la chambre une pièce de vin, qu'il met debout, et qu'il défonce par le haut. Les pots, les bouteilles sont remplis à l'instant; la table en est chargée. Je prévois que l'action sera chaude.

Le fauteuil est porté à la place d'honneur. L'oncle Antoine est assis, et chacun se range à son gré. Un garde-moulin doit être modeste, et je me mets au bas-bout de la table. Mais j'y ai vu la petite tonnelière, qui, d'après la règle de probabilité, devait m'attendre là. On pourrait lui appliquer les paroles de l'écriture : *Nigra sum, sed formosa*, et ma foi, *faute de grives, on mange des merles*.

L'oncle Antoine paraissait résigné à se contenter de deux plats simples, mais ragoûtans. La gaîté, la franchise s'établissaient de proche en proche. Je faisais des contes à ma voisine. Elle ne répondait rien ; mais elle souriait à propos.

Le vin circulait avec abondance, et bientôt les chansons commencèrent. Le chanteur, par excellence, du hameau nous donna une ronde dont le refrain finissait par une embrassade, et qui avait cinquante-trois couplets. Ma voisine se prêtait de fort bonne grâce, et je commençais à trouver le jeu assez drôle, lorsque Gustin rentra, suivi de ses deux camarades, et portant toujours le petit bambin, qui criait plus haut que jamais qu'il voulait son polichinelle, qu'on n'avait pas trouvé, ainsi que vous pouvez le croire.

Trois hommes de plus ou de moins ne faisaient rien dans la circonstance présente. Mais ce qui me donna l'éveil et d'une terrible manière, c'est que Gustin annonça un imposteur, un malintentionné, qui disait être l'oncle Antoine, et qui persistait à suivre son chemin, quoiqu'on lui eût déclaré qu'on ne serait pas sa dupe, et que le véritable oncle Antoine était au sein de sa famille.

J'avais oublié, moi, que cet oncle avait écrit qu'il arrivait le soir. Le trouble, le mouvement, les incidens multipliés ne m'avaient permis que de m'occuper du moment. Je regardai du Reynel; il était blanc comme la nappe, et je n'étais pas plus à mon aise que lui. Je regardai Jacques; son œil étincelait. Le plus profond silence régnait dans la chambre. Chacun semblait attendre la détermination du maître.

Je me rappelai la manière dont Mercure chassa Sosie de chez lui, situation retournée de toutes les manières, et que j'avais le droit de reproduire tout comme un membre de l'institut. « Cet » homme, m'écriai-je, est un fripon, » qui voulait s'établir chez vous, pour » vous voler pendant la nuit. — L'garde-» moulin a raison, répondit Jacques, » avec un mouvement terrible. Gustin, » apporte ici toutes nos longes; j'ga-» rotterons l'voleur, et si' résiste, j'lui » fens la tête avec c' coupret. » Il se lève aussitôt, et chacun se dispose à le seconder. Je ne sais ce que peignait alors ma physionomie. Mais la petite tonnelière me dit à l'oreille : « Beau

» garde-moulin, si 'ous craignez queu-
» que chose, esquivez-vous pendant
» qu'i s'expliqueront ; suivez-moi, et
» j'vous cacherons dans not' grenier à
» foin. »..... Toujours des greniers à foin!.... J'aurais accepté, sans doute, si j'avais été seul. Mais du Reynel, ce pauvre du Reynel!...

J'entendais distinctement le roulement d'une charrette qui entrait dans la cour. Jacques ouvre la porte, le bras gauche chargé de cordes, le couperet à la main droite. « Ah! ah! il arrive en
» carriole! Il est callé c'voleur-là. Ouais,
» il a eune femme avec lui! C'est pour
» donner d'la confiance. 'ous verrez,
» repris-je, qu'i va vous dire qu' c'est
» vot' tante. — Parbleu, mon homme,
» j'nous y attendons bien. J'allons l'i
» parler à la tante. »

Cependant le véritable oncle Antoine était descendu de sa carriole, et paraissait étonné de la manière dont on le

recevait. « Voyez-vous, disais-je,
» voyez-vous son embarras? I' voit
» qu'vous êtes sur vos gardes. J'suis sûr
» qu'i 'voudrait êt' loin. »

« Mais, reprit Catherine, i' m'semble
» qu'il a queuque chose d'l'oncle An-
» toine, tel que j'l'avons vu i'a quinze
» ans. Bah, continuai-je, i'a tant d'fi-
» gures qui se ressemblont! N'm'a-t-on
» pas pris à Paris pour l'prince d'Tran-
» sylvanie qui courait les rues *incogi-*
» *nito*?

» Ah, mon Dieu, mon Dieu! c'est
» not' tante, c'est elle. J'la reconnaî-
» trons toujours c'tel'-là qui nous a éle-
» vée. » A ces mots de Catherine, mon audace m'abandonna. Je regardai autour de moi; l'orage se formait, mais je ne voyais plus du Reynel. Puisqu'il a pu s'échapper, pensé-je, je suis décidé; je vais suivre la tonnelière.... Il n'était plus temps. J'étais observé.

Je me rapprochai insensiblement de

la table, et le cercle se serrait autour de moi. Je saisis un grand couteau, déterminé à me défendre et à périr plutôt que de souffrir la moindre indignité. « Écou» tez-moi, criai-je à Jacques. — Je » n'voulons rien entendre : la justice en » décidera. — Hé bien, je vous suivrai, » mais libre. — Garotté. — Jamais.

» J'vous prenons tous à témoins qu'i » nous force à l'tuer. » Et il s'avance, le couperet levé. Je pouvais me fendre sur lui, et lui enfoncer le couteau dans la poitrine. Je n'en eus pas le courage, au plutôt la cruauté. Je pris la table à deux mains; et je la lui jetai sur les deux jambes. Elle le renversa avec trois ou quatre de ceux qui me serraient de plus près. Je saute par-dessus la table; je ramasse le couperet, que Jacques a lâché en tombant; je m'élance par la fenêtre, et je me trouve dans les bras de Gustin, qui seul ose entreprendre de m'arrêter. Je lui assène un coup terrible du manche du couperet dans le creux de l'estomac, et je le jette à quatre pas de là, le derrière dans la mare. Je veux gagner la porte de la rue; Jacques et ses amis se sont relevés, sont sortis de la maison par une issue voisine de cette porte, et me barrent le chemin. Je me retranche derrière la carriole d'Antoine, et je menace les plus intrépides du couteau et du couperet.

« La pelle et l'crochet du four, s'écrie » Jacques. J'l'assommerons d'six pas, » p'is qu' j' n'pouvons le prendre au » corps. » Gustin, que j'ai le plus maltraité, est aussi le plus prompt à exécuter l'ordre de Jacques. Il vole, il revient. Je vois déjà le croc de fer qui menace ma tête; mes armes me deviennent inutiles; il ne me reste plus d'espoir.

Tout à coup je distingue le bruit de plusieurs chevaux au galop; la vie

rentre dans mon cœur flétri. « Trem-
» blez, m'écriai-je ; il m'arrive du se-
» cours. »

Soulanges, les gardes-chasse de la comtesse, Eustache, Baptiste, André entrent ventre à terre dans la cour, et sont armés jusqu'aux dents. La scène change de face. Mes adversaires s'arrêtent, incertains, irrésolus. L'intrépide Jacques lui-même laisse tomber de ses mains le redoutable croc.

Eustache, indigné qu'on ait osé menacer celui à qui il doit sa petite Claire, saute à terre, et se lance sur Jacques tête baissée. Par un mouvement de générosité louable, quoiqu'elle soit peut-être dans la nature, il avait remis ses pistolets à Baptiste : il voulait combattre sans avantage. Par un autre mouvement plus prompt que la réflexion, je me jette entre Jacques et Eustache. Je les sépare, et le proscrit prend le rôle de médiateur. Que de fois dans la vie on change de rôle et de position, au moment où on s'y attend le moins!

Jacques ne comprend plus rien à ce qui s'est passé, à ce qu'il voit, à ce qu'il entend. « 'ous n'êtes donc pas, me » dit-il, deux chefs d'voleurs, et c'n'est » donc pas là l'reste de vot' bande? »

Enfin la vérité peut se dire sans danger pour personne. Je raconte ce qui est arrivé à Soulanges et à Jacques. A mesure que je parle, les figures se dilatent, le sourire naît, les éclats se font entendre. Jacques se promet de n'être plus si violent à l'avenir, et il proteste que du Reynel et moi nous jouons la comédie d'une manière digne du théâtre de la Gaieté, où il a pleuré pendant toute une soirée.

Le véritable Antoine et la tante Antoinette sont maintenus dans tous leurs droits. Les deux partis se mêlent, se parlent affectueusement. Jacques n'invite pas Soulanges et son monde à dîner, parce que le chien a fait son profit de tout ce que j'ai renversé. Mais il proteste que de braves gens comme nous ne se quitteront pas sans trinquer ensemble. Il n'était pas possible de se refuser à cette invitation. Il fallait d'ailleurs retrouver du Reynel. On rentre dans la chambre; on rétablit l'ordre en quatre tours de mains; mais il ne restait d'entier à la maison que deux verres et une bouteille de grès. Jacques la prend, et va l'emplir à la pièce. Il trouve de la résistance, il regarde, et il laisse tomber sa dernière bouteille en éclatant de rire.

Il ne cessait pas; il se tenait les côtés. Je m'approche et j'éclate à mon tour. Soulanges ne peut deviner la cause de ces éclats; il vient à la pièce, voit, et rit avec nous, bientôt tous les spectateurs deviennent acteurs: on devait nous entendre du grand chemin. D'où vient donc ce rire inextinguible?..... Du Reynel s'est glissé dans la pièce de vin; il s'y est placé comme l'embryon dans son étui; le poids de son corps l'a affaissé sur lui-même; il ne peut faire le moindre mouvement, et il est dans le vin jusqu'au menton.

Comme la frayeur influe sur notre organisation! Du Reynel, de sang-froid, ne descendrait dans un tonneau qu'à l'aide d'une échelle double, et il a sauté dans celui-ci, lorsque le bruit de la carriole nous a tous attirés à la porte et à la fenêtre.

Il est impossible de le tirer de là. Jacques fera-t-il un dernier sacrifice? Perdra-t-il sa pièce, fût et jus? A son irritabilité près, c'est vraiment un excellent homme; mais il croit qu'il vaut mieux boire le vin qu'en laver le carreau. Il était de toute justice de le dédommager. Nous lui fîmes entre nous une dixaine de louis, qui le déterminèrent tout à fait, et qui achevèrent de nous concilier son affection. Il fit sauter ses cerceaux aussi gaiement qu'il nous eût versé à boire.

On déshabille du Reynel. On le lave, on l'essuie avec du linge bien chaud ; on le change de la tête aux pieds. Il est assez mal fagotté, mais très-satisfait de voir la fin de cette aventure. On le met sur un âne, on attache les arrosoirs, la bêche et le râteau à la selle du cheval d'Eustache, et nous reprenons tous ensemble le chemin du château.

CHAPITRE V.

L'Inauguration.

J'ESTIME Eustache. Ce qu'il a fait pour moi prouve sa reconnaissance et n'a point été raisonné, car Jacques est de force à l'étouffer aussi facilement que j'ai étranglé le matou. Age heureux, où le cœur s'ouvre naturellement à tout ce qui est bien ! Ce bon Eustache, puisse-t-il être le même dans trente ans ! Il aura beaucoup souffert : la malignité, l'envie, la calomnie, besoins des âmes basses, s'attachent aux bonnes gens, parce qu'on ne les redoute point ; mais les bonnes gens sont toujours bien avec eux-mêmes, et cela console de tout.

Je ne pouvais m'empêcher de rire en regardant du Reynel, et je sentais que j'avais tort : est-on obligé d'être brave, quand on sent sa faiblesse? L'huître attaquée ferme sa coquille; le limaçon rentre dans la sienne; le hérisson se pelottonne; celui qui se dit le roi des animaux naît, vit et meurt sans défense. Il n'est rien que par ce qui l'environne, et si nous descendions en nous-mêmes, si nous mettions d'un côté ce qui nous est propre, de l'autre ce que nous devons à l'état social, cette suprême intelligence dont nous nous targons se réduirait à bien peu de chose, et tel homme, dont on vante le génie, serait peut-être au-dessous de son chien.

Hé bien, ne vais-je pas, à propos du Reynel, me jeter dans des idées abstraites! Me voilà déjà à cent lieues de mon sujet. Quel rapport entre une pièce de mauvais vin et la métaphysique? quel rapport? le voici. La manie de montrer de l'érudition, de l'esprit, s'adapte à tout. Tout sujet convient à la vanité, parce que la vanité croit tirer parti de tout, lors même qu'elle ne montre qu'une extrême médiocrité.

Vous saurez cependant que je ne parlais à mes compagnons ni d'huîtres, ni de hérissons. Je caressais mes idées, j'en conviens; mais je les renfermais en moi-même et elles avaient une utilité : en m'occupant du roi des animaux, je ne pensais plus au saut dans la futaille; je ne riais plus; je n'offensais personne. N'est-ce pas comme cela qu'il faudrait souvent faire de l'esprit?

Soulanges, qui n'avait pas, au moins en ce moment, la présomption de remonter des effets aux causes, me conta que le billet énigmatique que je lui avais écrit, avait mis tout en combustion dans le château. On nous croyait tombés dans une embuscade de brigands. Madame d'Ermeuil avait fait chercher partout des chevaux et des armes; madame de Mirville s'était évanouie, et en revenant à elle, elle était tombée à genoux, et avait prié pour moi.

Bonne, sensible Sophie, j'abrégerai tes souffrances, je tomberai à tes pieds, dans tes bras. Mon cœur pénétré te peindra ce qu'il éprouve. L'amant, que tu crus perdu, va te rendre à la vie et à l'amour. En me parlant ainsi, je poussais une rosse que Jacques m'avait prêtée, animal rebelle, qui ne partageait pas mon impatience, semblable en tout à ce coursier si célèbre qui

Galopa, dit l'histoire, une fois en sa vie.

Pauvre cheval, cruellement mutilé, qui ne sent plus que les coups qu'on lui porte, peut-il se donner des ailes, parce que je suis amoureux?

Je fus obligé de le laisser à ses habitudes tranquilles. Le galop, d'ailleurs, eût agi trop vivement sur une partie qui n'avait pas repris encore son état naturel. Mais le moyen d'aller au pas joindre, calmer, rassurer ce qu'on aime! Il était plus avantageux de courir à pied, et c'est ce que je fis. L'homme agité se fatigue moins à courir qu'à s'impatienter.

Je laissai derrière moi Soulanges et ses gens : leurs chevaux, harassés de la course qu'ils venaient de faire, n'allaient pas mieux que celui de Jacques. J'aperçus bientôt dans le lointain cinq à six ânes qui venaient à moi au grand trot, et que je me promis bien de laisser passer en paix. A mesure qu'ils approchent, je distingue un homme, une, deux, trois femmes... des femmes! Qui peut-ce être? nous allons voir.

J'ai le coup d'œil sûr. Je cours toujours; mais je sais déjà que les femmes sont bien mises, qu'elles ont de la tournure, même sur un âne. Peut-être sont-elles jolies. Courons plus vite; je serai plus tôt auprès de Sophie, et je verrai plus tôt ces dames en passant. Est-il défendu de regarder un bel arbre, parce qu'on a un magnifique jardin?

Hé, mais..... c'est Sophie elle-même, c'est Fanchette, qui a pris le devant, c'est madame d'Ermeuil, La Roche, sa femme.....

J'ai des ailes aux talons, aux épaules, j'en ai partout. A peine touchai-je le sol. Fanchette pousse un cri en me reconnaissant; ces dames, averties, pressent le galop. Oh! si la bienséance me permettait de répondre à l'empressement de Fanchette! Je lui souris en passant. Sa figure se colore, son œil se ranime; elle pousse un soupir d'allégement, soupir que vous devez connaître, si vous avez passé inopinément de la mort à la vie. Il m'en échappe un.... d'amour peut-être; une puissance ennemie m'arrêtait; mais Sophie a sauté à terre pour être plus tôt dans mes bras; avec quelle ardeur je l'y reçois! quelles tendres étreintes de ma part! quelles douces larmes de la sienne ! Fanchette est oubliée.

« Où est Soulanges? me demande la » comtesse. — Il arrive ; il est au plus à » un demi-quart de lieue. »

On s'arrête, on s'assied sur le revers du fossé, à l'ombre d'un orme, que l'année précédente on a oublié d'ébrancher jusqu'au faîte. Comme tout dégénère dans le monde! on a planté les grandes routes pour procurer un peu d'ombre aux pauvres piétons, et en voyant la feuille tutélaire se développer et s'étendre, le propriétaire compte déjà ses fagots.

J'apprends alors de la comtesse ce qui s'est passé au château depuis le départ de Soulanges. « Madame de Mir» ville, en finissant sa prière, me dit : » il est écrit, *aidez-vous, je vous* » *aiderai*. Je veux aller à cette caverne, » l'en tirer ou mourir avec lui. — Ma » chère amie, je suis comme vous sur

» des aiguilles, et cependent je reste.
» L'opinion publique n'excuse une dé-
» marche de la nature de celle que vous
» vous proposez, que lorsqu'elle a pour
» objet un époux, un frère, un père.
» Mais courir sur les pas d'un homme
» qui ne tient à vous que par les liens
» du cœur!.... — Et ce lien-là n'est-il
» pas le plus cher, le premier de tous?
» Que m'importe l'opinion? n'ai-je pas
» pour moi ma conscience et mon cœur?
» Ils se soulèveraient à l'instant, si je
» cédais à de vaines considérations. Je
» veux partir.

» Hé! mesdames, nous dit Fanchette,
» en pleurant de notre peine..... Elle a
» bien le meilleur cœur cette Fan-
» chette!.... Mesdames, nous dit-elle,
» il y a un moyen de tout concilier:
» partez toutes les deux, je vous accom-
» pagnerai. Prenez avec vous monsieur
» et madame La Roche. Cinq per-
» sonnes vont où elles veulent sans qu'on

» s'en occupe. Il n'y a pas de poste ici; » monsieur de Soulanges a pris tous les » chevaux du village; mais il y reste » des ânes, et je vais en chercher.

» Cette proposition s'accordait beau- » coup avec ma manière de sentir. Je » ne sais cependant ce que j'aurais ré- » pondu à Fanchette. Mais, sans atten- » dre ma réponse, elle est sortie; elle » est descendue en quatre sauts, et je » la voyais dans la cour avant que j'eusse » trouvé une idée.

» Je ne connais pas d'activité égale » à celle de cette aimable fille. En moins » d'un quart-d'heure, elle s'était pro- » curé ce qu'il fallait pour monter notre » petite caravane, et elle était sous les » croisées du château. La voir, sauter » l'escalier comme elle, monter la pre- » mière bête qui se présente, partir » au galop, fut pour madame de Mir- » ville l'affaire d'une minute. Je cours » sur ses pas; je prends en passant La

» Roche et sa femme; nous nous met-» tons en selle, et nous galopons après » madame de Mirville, que nous rejoi-» gnons à quelques toises du village.

» Fanchette, que le hasard sans doute » avait montée beaucoup mieux que » nous, était bien loin en avant......... » Madame, dit la petite, moitié en riant, » moitié en rougissant, quand une » femme comme vous n'a pas son la-» quais, la femme de chambre doit » aller en courrier, et je hâtais ma mon-» ture pour vous procurer un relais au » prochain village. »

Le prétexte était bien trouvé. Chère Fanchette! Ce n'est point au hasard que tu dois la vélocité de ta monture, et tu pensais en courant à autre chose qu'à un relais. On le crut cependant. « Cette » bonne Fanchette prévoit tout, dit » vivement Sophie, et elle l'embrassa » avec affection..... » Fanchette reçut » cette marque de faveur avec un embarras qui ressemblait à du respect : on put au moins s'y méprendre. Mais il me fit un mal, ce baiser!.... Je voyais Sophie dupe de sa bonté ; Fanchette et moi, nous étions coupables de perfidie... Mais pouvais-je éclairer cette excellente, cette chère Sophie, détruire sa sécurité, déchirer son cœur? Il est des maux purement d'opinion, qui ne sont rien quand on ne les connaît pas....... : raisonnement détestable! Non, je ne pouvais rien dire à Sophie ; mais j'aurais dû me conduire de manière à n'être pas forcé de dissimuler avec elle. La dissimulation, quel que soit son motif, est toujours une bassesse de l'âme. J'attends la réponse de mon homme d'affaires, elle terminera tout ; je serai tout à Sophie; je n'aurai plus à rougir de moi, du moins pour l'avenir.

Ces réflexions m'affligeaient, et cependant je les aurais prolongées, si ces dames n'eussent été impatientes de savoir comment nous étions tombés dans les mains des brigands, et comment Soulanges nous en avait tirés.

Je voulus faire le capable; je cherchai à briller, faiblesse pardonnable à celui qui n'a d'intention que celle de plaire; et mon récit ressembla à un mélodrame. Tantôt je m'élevais aux nues, tantôt je descendais aux détails les plus communs. Quelquefois j'inspirais la terreur; quelquefois un comique trivial forçait le rire; et il résulta de ce mélange, qu'on n'éprouvait ni intérêt ni gaieté réels: *L'esprit qu'on veut avoir gâte celui qu'on a.* Cependant la gaieté prévalut à la fin. Toutes les inquiétudes étaient dissipées, et du Reynel, dans le vin jusqu'au menton, fut le dernier tableau dont on conserva le souvenir. On se leva pour aller au devant de lui et de Soulanges, en le comparant à ce duc de Clarence, qui, maître de choisir son genre de mort, voulut finir dans une cuve de Malvoisie.

Deux hommes marchent derrière nous d'un air déterminé. Serait-ce encore une aventure?..... Non, non; ce sont les papas Tachard et Servent. Ils arrivent tard, et bien malgré eux, disent-ils; mais le suisse de la paroisse charriait son engrais, et il a fallu l'attendre pour avoir sa *rouillarde* et sa pique au manche vermoulu. Il n'y avait rien à répondre à d'aussi bonnes raisons.

Bientôt nous joignîmes mes libérateurs. Soulanges et ces dames mirent pied à terre; le duc de Clarence dit qu'il y aurait de la folie à marcher, ayant à sa disposition une monture aussi douce. Sophie voulut absolument que je prisse la sienne, et ma foi j'en avais besoin après mes anxiétés, mes combats et la course que je venais de fournir. Nous marchâmes, en faisant des contes assez plaisans pour qu'aucune idée sentimentale ne pût naître. De toutes les positions, c'est la seule qui convienne à un homme toujours prêt à se déceler.

Nous arrêtâmes à la petite maison d'Eustache. Tout y était dans la désolation. Monsieur le chef, plein de sa douleur, avait bu, par distraction, une bouteille de vieux vin rouge qui devait entrer dans la composition d'une matelotte, et il avait laissé brûler la plus belle des volailles. Du Reynel jeta les hauts cris. Eustache essuya les larmes de sa petite Claire, tremblante pour lui et pour moi, et je me chargeai de calmer les alarmes de la mère Servent. Elle est vieille, elle est laide; mais pourquoi rejetterait-on ces êtres disgraciés? Ne portent-ils pas, sous une enveloppe rebutante, un cœur sensible, que le dédain humilie, que l'abandon afflige?

Ne vieillirons-nous pas aussi, et ne voudrons-nous pas alors avoir quelqu'un qui nous entende et nous réponde ?

Nous reprîmes les travaux que l'idée de notre danger avait généralement suspendus. Chacun s'amusa à ranger quelque chose de l'ameublement des fiancés. Moi, je montai le lit, et Sophie plaça la courte-pointe d'indienne. « Ah ! » Sophie, penseriez-vous comme moi ?... » — Je ne veux pas de ces questions-là, » monsieur ; » et un petit coup sur la joue me donna le droit de baiser sa jolie main.

Ah ! mon Dieu, voilà du Reynel qui monte, rouge et hors d'haleine. Que lui est-il encore arrivé ? « Mon ami, la » volaille est remplacée. — Je vous en » félicite. — Mais la table qu'on a don» née à ces enfans convient au plus à » quatre personnes, et il y en aura vingt » à dîner. — Que voulez-vous que je fasse

» à cela? — Quel sang-froid! Comment! » vous ne sentez pas le désagrément de » faire un quart de tour à droite ou à » gauche, chaque fois qu'il faut porter » la fourchette à la bouche? — Envoyez » Baptiste prendre au château une table » de vingt couverts. — Cruel homme » que vous êtes, elle n'entrera pas dans » la maison. — Hé bien! on s'arrangera » comme on pourra. — Comme on » pourra! quelle manière de voir! Un » dîner superbe, mangé sans la moin- » dre commodité! Et pas une bouteille » de vin au frais! Si j'étais aussi leste » que vous, j'aurais déjà fait le tour du » jardin; il me serait venu quelqu'idée » heureuse.... Mais allez donc, mon- » sieur, allez donc; le cas est important. » — Oui..... oui; puisque nous fuyons » aujourd'hui les lambris dorés, soyons » tout à la nature. Une fête champêtre... » — Champêtre, ou non; mais qu'on » soit à son aise à table! »

Ah, ah! il y a du monde dans ce jardin. Quelqu'un a eu la même idée que moi. Cette jolie petite Fanchette prévoit tout, la comtesse a raison. Autour d'un vieux noyer, dont les branches s'étendent au loin, elle a fait dresser une vaste table avec des planches prises çà et là; elle a transformé des futailles en tréteaux. Le charron du village perce des trous dans le pourtour à un pied de distance du tronc de l'arbre. A mesure qu'il en a fait un, le jardinier du château y cache un pot d'œillets, de myrte, de roses : nous aurons un surtout charmant. Servent, Tachard, et leurs amis, terminent un banc circulaire en gazon.... avec son dossier vraiment. Comment donc! il est décoré de guirlandes de chèvrefeuille et de lilas! Ah! Fanchette, Fanchette! Allons, ne vais-je pas m'amuser à causer avec elle? Laissons-la terminer ses apprêts.... Il est pourtant essentiel que je lui dise un mot. « Fanchette, M. du » Reynel aime à boire frais. » Elle me prend la main... ce n'est pas ma faute. Elle m'emmène... Où me conduit-elle ?.. « Ah ! la jolie source d'eau vive qui s'é- » chappe de la fente de ce rocher ! Une » pile de bouteilles rafraîchit dans le » petit bassin que le temps a creusé » sous la chute ! N'aperçois-je pas une » grotte dans une des faces de la roche ? » C'est là sans doute que le père Firmin » retirait ses instrumens de jardinage. » — Peut-être, monsieur, cette grotte » a-t-elle quelquefois servi d'asile à l'a- » mour. — Ah ! Fanchette, Fanchette ! » toujours l'amour ! — Je n'ai au monde » que mon cœur. Laissez-le-moi, mon- » sieur. »

Nous continuions de marcher ; nous approchions de cette grotte, et... on appelle Fanchette... Ah ! tant mieux. C'est monsieur le chef qui la prie de faire ranger les plats dans l'ordre convenu entre eux.

Un cri général d'approbation se fit entendre, quand nos dames, Soulanges et du Reynel approchèrent du noyer. On allait me féliciter.... Je proclamai Fanchette ; je lui laissai les honneurs de l'invention, et j'ajoutai que tout avait été fait par ses soins et sous ses yeux. Il faut être juste envers tout le monde. J'aime sur-tout à l'être envers Fanchette.

La journée était consacrée à Claire et à Eustache. Ils furent placés au haut bout de la table, fort contens d'eux et des autres. Les grands parens et une vingtaine de paysans et de paysannes se mêlèrent aux belles dames et aux messieurs du château. Point de morgue, point de ton de notre part; point de familiarité déplacée de celle des villageois. Les bienfaiteurs aiment à descendre au niveau de ceux qu'ils ont obligés; il n'y a que ce moyen-là de jouir de leur reconnaissance; il faut approcher un cœur pour y surprendre le sentiment. L'obligé se laisse aller à celui qu'il éprouve, et ce sentiment ajoute toujours quelque chose à la considération qu'inspirent le rang et la fortune.

La comtesse a fort bien fait les choses; elle n'a pas même oublié les vins de dessert. Avec eux circule la gaieté. Ils amènent la chansonnette. Ce n'est pas toujours l'esprit qui l'a dictée; mais en faut-il pour entendre, amour et bonheur?

A la chansonnette succèdent les tapes sur l'épaule... Les tapes sur l'épaule! il est temps de quitter la table. La comtesse le sentit comme moi. Elle se leva et nous entendîmes les ménétriers, qui semblaient n'avoir attendu que ce signal.

Oh! cette fois, Claire dansera avec

son Eustache, ainsi que je le lui ai promis..... Les voilà placés.... ils dansent fort mal l'un et l'autre ; mais ils se regardent avec tant de plaisir, qu'on en trouve à les voir danser. Et moi aussi je danserai.... une walse avec Sophie.... si nos râcleurs peuvent en jouer une.... Hé! ma foi, oui ; c'est cela à peu près... Oh! comme elle walse ma Sophie! quelle légèreté, quelle grâce, quel enjouement voluptueux!..... Quelle danse que cette walse! Deux êtres se touchent, s'enlacent, se pressent, comptent les battemens de leurs cœurs : eh! comme ils battent, celui de Sophie et le mien! « Arrêtons-nous, mon ami; cette danse » ne me vaut rien avec vous. » Elle m'avait parlé très bas; je feignis de n'avoir pas entendu. Je l'entraînai à la rencontre de Soulanges et de la comtesse, ivres comme nous, cherchant comme nous à dissimuler leur ivresse, et dissimulant aussi maladroitement que nous.

Sophie devina mon intention ; mais l'exemple n'avait pas plus d'empire sur elle que l'opinion. Elle m'échappa, et alla se jeter sur le banc de gazon, en disant très-haut qu'elle ne pouvait supporter plus long-temps la fatigue et la poussière.

Je la suivis, et je m'assis près d'elle. « Vous me faites faire des choses in» concevables. Vous me damnerez, mon » ami. — Hé ! pourquoi ces scrupules, » charmante Sophie ? quoi de plus in» nocent que la danse ? David ne dansa» t-il pas devant l'arche ? — David ne » valsait pas, mon ami. »

Elle a raison. Si quelque jour j'ai une fille, elle ne valsera jamais.

Pourquoi donc Eustache a-t-il toujours quelques mots à dire à l'oreille de Claire ? Au point où en sont les choses, ils ne doivent plus avoir de secret. Peut-être avons-nous oublié quelque pièce de l'ameublement. Ils s'en aperçoivent et craignent de nous le faire entendre. Je reverrai tout dans le plus grand détail. Ils ne formeront pas un vœu inutile : il en coûte si peu pour les satisfaire !

Ah ! Fanchette a fini ses petits arrangemens. La voilà qui paraît, et nos paysans ne regardent plus qu'elle. Serait-elle plus jolie que madame de Mirville, qui n'obtient pas un regard?...... Le pauvre passe devant un château; il s'arrête à la porte d'une chaumière.

On l'invite à danser. Elle refuse avec politesse, et trouve toujours quelque raison qui ménage les amours-propres : on la quitte sans être mécontent......... Claire ne danse qu'avec Eustache; peut-être Fanchette...... Oh! non, non, je ne la prendrai pas. Que m'importe qu'on ait démêlé, sous ma réserve affectée, l'émotion délirante que j'éprouvais en valsant avec Sophie? La comtesse, Soulanges, du Reynel, savent notre amour, et ces bons paysans ne cherchent pas ce qu'on ne juge point à propos de leur dire. Mais si cette émotion allait se reproduire, en touchant, en caressant le bras de Fanchette, en retrouvant sa main..... Oui, oui, elle se reproduira, et on tournera contre nous des circonstances attribuées jusqu'ici à un zèle qui leur est tout-à-fait étranger...... Non, je ne la prendrai pas.

Mais une contredanse bien insignifiante, quoique bien à la mode, *en avant deux, etc.*, où on danse avec toutes les femmes, excepté avec sa danseuse.... Oui, mais une femme de chambre...... Hé! la comtesse n'a-t-elle pas dansé avec Servent, et Soulanges avec la fille du jardinier?....... Je vais prendre Fanchette..... Je n'ose en vérité..... et j'en ai une envie!

Sophie ne voit que moi. Elle est étrangère à tout ce qui se passe autour d'elle. « Mon ami, personne n'invite

» cette pauvre Fanchette, et je crois » qu'elle danserait volontiers..... Elle » vous regarde. Quel plaisir vous lui » feriez en la prenant!..... Allez, mon » ami, allez donc. Ayez un peu de » complaisance. »

De la complaisance! Comme nous nous trompons tous sur le sens des choses, sur la valeur des mots!.... J'ai fait à peine quatre pas, et sa main est dans la mienne; sa figure a l'expression de l'amour heureux, du désir, de l'espérance à la fois. Que de choses exprime cette figure-là!

Nous sommes placés, et je crains de lever les yeux sur elle. Ai-je besoin de la regarder? Cette main n'est-elle pas là, toujours là, et ne dit-elle pas tout? Quelle situation que la mienne? L'une » me craint; je veux fuir l'autre, et » nous sommes toujours trois!

On commence. J'ai vis-à-vis de moi une paysanne laide, mal bâtie; bon,

bon. Je ne la perdrai pas de vue un instant...... La figure se termine par un *balancé;* comment me tirerai-je de là? *Un tour de mains!*...... Je n'en tenais qu'une; en voilà deux!

Je me possède autant que je le puis; mais je sens que mes yeux vont dire: amour et plaisir; et tout le monde entend ces deux mots-là, et les interprétations, et les conjectures, et l'expulsion de Fanchette, et Sophie désabusée...... Il faut quitter la contredanse. Mais quel prétexte?......... Je vais me donner une entorse.

Au moins j'en ai fait le semblant. Je me traîne en boitant tout bas sur le banc de gazon. Cette si bonne Sophie, qu'il faut toujours tromper, parce qu'une première faute en entraîne mille autres, cette bonne Sophie remarque avec satisfaction que le pied n'enfle point; mais elle croit qu'il est indispensable que je me retire, que je prenne du repos..... Oui, j'en prendrai, si le malin génie qui me poursuit, qui m'obsède, veut me laisser quelques heures à moi-même.

Sophie n'est point assez forte pour aider de son bras un homme qui s'est donné une entorse. Elle fait amener l'âne du duc de Clarence; et, comme il est probable que j'aurai besoin de compresses, de bandes, elle prie Fanchette de nous suivre. Me voilà encore entre elles deux! L'heureux semblant que j'ai fait là!

Deux, toujours deux, lorsqu'une seule suffit pour me faire extravaguer! Je ne veux ni compresses, ni bandes. Je fais remarquer que le pied joue avec facilité, et qu'ainsi je n'ai besoin de rien: Sophie veut qu'au moins je me mette au lit. Elle sort avec Fanchette, et je me couche, pour terminer enfin cette orageuse journée.

Pas du tout. Sophie rentre; elle tient

les oraisons funèbres de Bossuet ; elle va me lire celle de Madame, pour m'amener doucement au moment du sommeil. C'est quelque chose de très-beau sans doute que l'oraison funèbre de Madame. Mais que me font les morts quand je suis plein de vie, et que j'ai près de moi ce qui peut la faire aimer ? N'importe ! ayons l'air d'écouter.

L'air d'écouter ! et voilà Fanchette qui revient. Elle sourit, elle n'a pas cru un moment à mon entorse, et elle vient s'établir là pour me punir d'avoir voulu lui échapper. Elle a trouvé je ne sais quel ouvrage très-pressant, et que l'ordonnance de la petite fête lui a fait quitter. Sophie lit ; ses yeux, les plus beaux yeux du monde, sont constamment fixés sur son livre, et ceux de Fanchette me parlent, et je crois que je leur réponds.. Il faut que tout cela finisse ; je n'y puis tenir davantage...... Que de fois ai-je pris cette résolution ! qu'ai-je fait pour l'accomplir ?

Le jour est sur son déclin. J'entends rentrer la comtesse, Soulanges et du Reynel. Ils croient aussi à mon entorse ; ils montent chez moi ; mais ils n'y resteront pas, et Sophie et Fanchette sont clouées à leur place.

Je proteste que je n'éprouve plus la moindre douleur, que je veux me lever, que je passerai la soirée au salon. Sophie me le défend, les autres me le permettent ; la majorité l'emporte. On me laisse, je m'habille, je descends, j'entre au salon en dansant. Sophie crie à l'imprudence ; je lui réponds par un entrechat ; elle se rassure ; nous commençons un boston.

Le premier tour n'était pas fini, lorsque la mère Servent entra. Elle était tout en larmes. Claire était disparue ; sa mère l'avait cherchée dans tout le village ; elle n'espérait plus la trouver qu'au château, et cet espoir venait d'être déçu. Cette pauvre mère m'inspira de la pitié, et je cherchai à pénétrer la cause d'un événement aussi inattendu. « Où est Eustache, mère Servent? — » Il a cherché sa Claire avec Tachard, » avec not'homme; et, n'en ayant rien » appris, il est allé parcourir les vignes » et les champs qui environnent le vil- » lage. — Seul? — Seul. Tachard et » Servent cherchent chacun de leur » côté. — Il est clair que, divisés, ils par- » courront trois fois plus de terrain. Et » qui a ouvert l'avis de se séparer? — » C'est Eustache. — Ah! c'est Eustache! » Et sans doute il est affligé, désespéré, » furieux? — Non, monsieur. I'dit » qu'dans la vie on n'doit jamais man- » quer de courage. — Ah! il a dit cela, » Eustache! »

Je souris.... je me rappelai les mots à l'oreille qui me paraissaient si déplacés, et qui commençaient à s'expliuer. « Soyez tranquille, mère Servent. Claire n'est pas perdue, et j'espère, moi, la retrouver. — Vous, monsieur? — Moi. » Je pris mon hapeau, et je sortis. La mère Servent ne suivit; elle engagea Baptiste et Anlré à battre la campagne. Je ne sais ce qu'ils répondirent. J'étais déjà loin.

Je pensais qu'il ne fallait pas courir beaucoup pour retrouver Claire. Ces petites innocentes, si pressées de se marier, se laissent facilement persuader. D'ailleurs Claire était fiancée. A la vérité, il lui manquait le sacrement; mais que fait une cérémonie de plus ou de moins à un cœur de quinze ans? J'allai droit à la maison d'Eustache.

La porte, les volets sont bien fermés; pas d'apparence de lumière. J'appelle; ils ne répondent pas; ils font bien de se taire. Moi, j'ai raison d'insister : je ne veux pas que cette pauvre mère passe le reste de la nuit dans les tourmens de l'inquiétude...... Décidément ils ne répondront pas. Je fais le tour de la maison; je longe les murs du jardin. La porte qui donne sur les champs est aussi exactement fermée que celle de la maison. Mais cette porte a trois barres en travers. Elles vont me servir à gagner la crête du mur; je sauterai dans le jardin, et probablement le silence ne sera pas aussi profond de ce côté que de celui de la rue.

Je monte....... je touche le faîte du mur, une brique vacille sous ma main; elle va se détacher. Je m'appuie fortement des pieds et des genoux; la gâche mal scellée cède au poids de tout mon corps; elle se détache; la porte s'ouvre; je me laisse glisser à terre...... Me voilà dans le jardin.

Je n'ai pas à craindre ici les mille et un incidens que j'ai supportés chez Jacques. Je suis connu, et je n'ai qu'à me nommer. J'avance doucement, bien doucement; je colle mon oreille au volet de la chambre à coucher, et sans doute je vais surprendre mes petits fripons.

Oui, oui, j'entends... Qu'entends-je? Je ne puis distinguer un mot; mais ici que fait le mot? L'accent est tout, et leurs accens ont une douceur!... une énergie! Je décline mon nom, et je raisonne par le trou de la serrure. De la raison! C'est bien le moment de l'écouter et de s'y rendre! On continue de parler la langue *accentuée* commune à toutes les nations. Je la connais si bien cette langue, et mon amour-propre se révolte sottement, comme si j'avais seul le droit de la parler. Je crie, et de manière à être entendu des maisons voisines, et à causer l'éclat que je voulais d'abord prévenir. Je ressemblais beaucoup à ces commères qui ont l'air de vouloir tout arranger, et qui courent apprendre à leur voisine, qui ne s'en doute pas, qu'elle a un mari infidèle.

De là un raccommodement qui ne tiendra pas, mais qui aura fait passer une heure ou deux à la commère, et qui l'honorera infiniment aux yeux des femmelettes de *l'endroit*.

J'avais nommé la mère Servent, et Claire commença à parler français. « Mon ami, ma mère souffre; je ne » l'avais pas prévu, car tu me fais tout » oublier; mais je veux aller rassurer » ma mère. — Demain, chère petite, » il sera encore temps. — Comment, » monsieur Eustache, comment de- » main! A l'instant, à la minute, s'il » vous plaît, ou je romps le mariage » arrêté. » Le joli moyen que je trouvais là pour raccommoder la chose!

Cette menace, dont un autre eût ri, fit le plus grand effet sur le cœur tout neuf d'Eustache. Bon Eustache! il m'ouvrit, et fut se replacer auprès de sa Claire. Il la tenait dans ses bras, et me regardait d'un air qui voulait dire:

Je vous dois beaucoup ; mais je ne vous dois pas ma femme, et vous ne l'emmenerez pas. Claire, confuse, très-confuse, se cachait sous le drap ; on ne lui voyait plus que le bout du nez. Pauvres enfans ! ils se croyaient perdus sans retour dans mon esprit, et je devais les confirmer dans cette idée : je représentais père, mère, oncles, tantes. Le langage de la sévérité était le seul qui me convînt. En préparant ma harangue, je remarquai qu'ils avaient pris toutes les précautions possibles pour n'être pas surpris. Des bottes de paille faisaient *sourdines* aux portes et aux fenêtres qui donnaient sur la rue. La lampe était sous la table ; les rayons de lumière ne montaient pas plus haut que les barres du lit. Mes espiègles n'avaient pas envie de lire ; ils y voyaient assez pour *causer*.

Je commençai un long discours sur la nécessité de modérer ses passions, de maîtriser ses désirs. Je représentai à Eustache qu'il perdait de réputation sa maîtresse. Je peignis les jeunes filles du village moins sages peut-être, et par cela seul plus rigoristes, se rassemblant, délibérant et allant signifier à sa fiancée la défense expresse de se parer du chapeau virginal, à peine de s'en voir publiquement dépouillée. Que de belles choses je dois avoir dites! Mon auditoire attendri, subjugué, fondait en larmes. Pleurer pour avoir eu du plaisir, et devant quel prédicateur, bon Dieu! Un libertin.... si c'est l'être qu'aimer passionnément ce qu'il y a de plus aimable.

Un sermon a ses bornes, et la sensibilité a les siennes. Eustache et Claire, revenus à eux, opposaient à mes raisonnemens des raisons qui n'étaient pas sans quelque force. A la cérémonie des fiançailles, le curé avait dit aux fiancés que leurs promesses mutuelles étaient déjà écrites dans le ciel; qu'ils devaient dès ce moment se regarder comme irrévocablement unis. *Amen*, avait répondu Eustache; et qu'avait-il pu faire de mieux que se conduire d'après les conseils de son curé, que son *amen* prouvait qu'il avait parfaitement entendus?

Je ne suis pas casuiste; et, laissant de côté les *dilemmes*, les *syllogismes*, les argumens *à majore et à minore*, je me bornai modestement à déclarer, d'après les lois sociales, que celle qui venait de se marier à la manière des patriarches, qui en vaut bien une autre, n'était pas la femme de son mari, et que j'exigeais qu'elle rentrât chez sa mère, près de qui j'allais la conduire, et dont je calmerais le ressentiment.

Je sortis; et, pendant que Claire s'habillait, je pensai que la conviction de ma propre faiblesse ne m'ôtait pas le ton dur et tranchant qu'on pardonnerait à peine à la vertu. Elle est si indulgente, si douce, cette véritable vertu! et nous lui prêtons notre langage, en nous efforçant de parler le sien. La faire crier, n'est-ce pas vouloir en imposer aux autres, et chercher à s'étourdir soi-même?

Cependant je ne pouvais pas dire à ces jeunes gens : Je ne vaux pas mieux que vous; je n'ai pas le droit de vous blâmer : ne prenez conseil que de vous-mêmes. L'hypocrisie, contre laquelle on s'élève par-tout, est-elle quelquefois un mal nécessaire? Pauvres humains, annonçons toujours la saine morale, dont nous nous écartons si souvent. Nous n'en avons que le masque; rendons-le aimable au moins, et tâchons de nous corriger. *Ainsi soit-il.*

Claire était prête. Je lui pris le bras, et nous sortîmes. Je la menai très-vite, parce que sa mère éplorée était toujours présente à mon esprit. Je ne disais rien. Je cherchais dans ma tête une tournure honnête à donner à une chose qui ne l'était pas trop, quoiqu'elle fût très-naturelle. La petite trottait, en poussant quelques soupirs : regrettait-elle d'en avoir tant fait? Regrettait-elle de n'avoir pas fait davantage?

Je ne sais si la mère Servent s'était rappelé, comme moi, *l'amen* d'Eustache, et si, comme moi, elle en avait enfin trouvé l'application; mais nous la rencontrâmes dans la rue, allant droit à la maison du jeune homme. Claire la reconnut d'abord, et trembla de tous ses membres. Bon, pensé-je! fille qui craint d'avoir déplu à sa mère, la respecte nécessairement; et ce respect-là n'entre pas dans un cœur vicieux.

Je contai à la mère Servent que j'avais trouvé sa fille endormie dans un champ; et, pour rendre mon récit vraisemblable, je dépeignis la prairie où, le matin même, j'avais cherché à me cacher à Fanchette et à moi. Je décrivis jusqu'à l'arbre sous lequel je m'étais reposé, et c'est là que je prétendis avoir rencontré Claire. J'ajoutai qu'à son réveil le froid l'avait saisie, et qu'il causait ce tremblement général, qu'il fallait que j'expliquasse de quelque manière.

Une mère seule est capable de croire qu'une fiancée, dans ses atours, un jour de fête et de bonheur, échappe à son amant, à sa famille, à ses amis, pour aller dormir en plain champ. Il répugne tant à une mère de croire sa fille coupable! Elle saisit avec tant d'avidité ce qui peut la justifier dans son esprit et dans celui des autres! Ces bonnes gens avaient d'ailleurs en moi une confiance si absolue, et qu'ils croyaient si bien méritée!

La mère Servent embrassa sa fille, et la pressa contre son cœur. Claire pleura à son tour. Bon, pensé-je encore! larmes de repentir sont toujours utiles à celle qui les répand.

Elles s'éloignaient, et je restais à la même place, absorbé dans mes idées. Je tâchais d'accorder nos penchans naturels avec les institutions sociales; ce qui n'est pas facile du tout, lorsque je me souvins que nous étions sortis par la porte qui ouvre sur la rue, et que celle du jardin était restée ouverte. A minuit, le villageois, fatigué des travaux de la veille, dort profondément. Cependant, au village comme à la ville, il est des gens qui trouvent très-commode d'avoir en une heure ce que le travail ne leur procurerait pas en un an, et il restait encore dans ce jardin beaucoup d'effets qui avaient servi à la fête, et qu'on avait jetés dans le premier coin, à l'instant où le ménétrier s'était fait entendre. Je n'étais qu'à cinquante pas de la maison d'Eustache, et je me décidai à y retourner.

Je rentrai dans le jardin, et je crus entendre quelque bruit. Je prêtai l'oreille, et je fus bientôt convaincu que quelqu'un s'était furtivement introduit dans le petit domaine de mon protégé. C'est peut-être, me dis-je, quelque malheureux qui manque de pain. Je suis en train de moraliser : je ferai encore un beau discours sur le respect dû aux propriétés ; je lui donnerai quelques écus, et je le renverrai chez lui. Le feuillage, qu'agitait le coupable, m'indiquait sa route ; je le suivis. Il allait du côté de la maison, toujours couvert par des branchages, qui ne permettaient pas à la clarté argentine de la lune de pénétrer jusqu'à lui. Il se découvrit enfin, et je vis un homme en chemise.... ou peut-être Claire, qui avait encore trompé la vigilance de sa mère, et qui revenait où l'appelaient l'amour et le bonheur. Je m'avance....... c'est bien elle, c'est Claire qui s'approche du volet d'où je l'ai entendue, et qui sans doute va prier Eustache de lui ouvrir. Je m'élance ; je lui saisis le bras. « Il est » bien extraordinaire, mademoiselle...» Ah! mon Dieu, c'est Fanchette. N'importe! je ne reculerai pas. Je suis monté sur un ton de sagesse qui éloigne toute espèce de danger.

« Fanchette, que faites-vous ici? — » Il est si doux d'imiter ce qu'on aime » dans ce qu'il fait de louable! — Par » grâce, Fanchette, ne parlons pas de » ces folies-là. — N'en parlons pas, » monsieur. Vous cherchiez Claire, et » moi aussi. J'ai pensé que fille sensible, » qui n'est à minuit ni avec son père, » ni avec sa mère, doit être avec son » amant. — Je l'ai pensé comme vous, » Fanchette. J'ai trouvé Claire ici, et je » l'ai rendue à ses parens. — Qu'elle est

» heureuse, monsieur, mille fois heu-
» reuse, puisque son bonheur est votre
» ouvrage. — Fanchette, ne prenez pas
» ce ton doux, tendre, enchanteur,
» qui va à l'âme, qui l'agite, qui la
» tourmente. — Vous ne vous aperce-
» vez pas, monsieur, que votre ton
» est à l'unisson du mien? — Eloignons-
» nous au moins de cette malheureuse
» maison; qu'Eustache ignore que celui
» qui le prêchait il n'y a qu'un moment
» est bien plus coupable que lui. —
» Coupable! Et de quoi donc? — Ne
» discutons pas, mademoiselle; sépa-
» rons-nous. »

Je m'éloignai. Fanchette me suivit. Je l'entendais soupirer derrière moi. Si vous connaissiez Fanchette, vous sauriez quel effet devaient faire sur moi ces soupirs...... Un air frais les portait à mon oreille; écho d'amour les répétait dans mon cœur. N'importe! je doublai le pas : le gardien des mœurs publiques ne devait pas avoir de nouvelles faiblesses.

...... J'entends toujours derrière moi ce pied léger qui foule à peine l'herbe naissante de mai. Ce pied !........ cette jambe !.... mon imagination ne s'arrête pas. Si je me tourne, je suis perdu. Qu'entends-je ?....... un faux pas ; une chute ! Une maudite bouteille vide l'a fait trébucher. Refuserai-je à Fanchette ce que j'accorderais à la dernière des inconnues, et la sagesse doit-elle être poussée jusqu'à la barbarie ? Elle se plaint peut-être autant de ma dureté que du mal qu'elle ressent..... « Non, » je ne suis pas un homme cruel. Re- » lève-toi ; appuie ton bras sur le » mien..... » Déjà je l'ai relevée ; déjà je sens sa main sur mon cœur. Il semble que ce cœur veuille s'élancer hors de moi pour s'aller unir au sien.

Que faire ? Elle marche difficilement ; je ne puis la quitter. Il y a une grotte dans ce jardin ; elle s'y reposera un moment. Je n'y entrerai point ; je l'attendrai en dehors....... J'y entrai, et il était grand jour quand nous en sortîmes.

« Fanchette, qu'allons-nous devenir ? » Etre surpris avec vous en sortant de » cette maison, moi qui en ai arraché » Claire ! Oh ! c'est vous, c'est vous » seule.... — Ne nous reprochons rien, » monsieur. Entre nous, il n'y a de sé» ducteur que l'amour. » Comme elle pense ! comme elle parle ! Serait-il vrai que les idées se communiquassent comme le désir, et que sans le chercher, sans s'en apercevoir, on apprenne la langue de l'objet qu'on aime ?

Voilà des réflexions qui viennent bien à propos. Il faut se tirer d'ici. La porte du jardin est ouverte, et peut-être les habitans ne circulent pas encore dans le village. Je lui prends la main ; je l'entraîne après moi..... « La porte est fer-

» mée; la gâche a été fixée par deux ou
» trois gros clous de charrette. Il est
» clair qu'Eustache est levé, qu'il a fait
» le tour de son jardin..... Oh! Dieu,
» Dieu, s'il fût entré dans cette funeste
» grotte!.... — Il y eût trouvé des êtres
» heureux comme lui. — Quel calme,
» mademoiselle, quelle indifférence!
» Elle peut vous convenir à vous, qui
» n'avez rien à perdre... — Depuis que
» je vous connais, monsieur. — Par-
» don, mille fois pardon. Ma conduite
» est celle de l'amour en délire; mes
» expressions sont celles d'un barbare.
» Ah! dis-moi, répète-moi que tu me
» pardonnes..... » Elle m'embrassa.

« Fanchette, il faut pourtant sortir
» d'ici. — Eustache s'est levé, monsieur,
» tourmenté par l'inquiétude, brûlant
» de savoir comment la mère Servent
» a traité sa fille. Il est impossible qu'il
» soit chez lui. — Qui t'a donc appris à
» connaître le cœur humain? — Ne

» doivent-ils pas se ressembler tous?
» Je n'ai étudié que le mien. Aurais-je
» un moment de repos, si je craignais
» pour vous?

» — Mais nous parlons, nous par-
» lons, et le temps s'écoule... Entends-
» tu la cornemuse du vacher du village?
» Va donc, ange de délices ou de ma-
» lédiction; approche-toi de cette croi-
» sée, de cette porte; écoute si tu
» n'entends rien; ouvre....... si tu le
» peux. »

Le volet était poussé simplement; la croisée, la porte étaient fermées. « Monsieur, il faut casser un carreau.
» — Cassez-le donc, Fanchette; je me
» sens incapable d'agir. »

Un caillou brise la frêle barrière. Elle s'élance.... elle a ouvert la porte de la rue. « Sortez, monsieur, séparons-nous.
» Nous rentrerons au château comme
» nous le pourrons; le jugement nous

» reviendra lorsque notre mutuel isolement lui permettra de se reproduire. »

Je sors comme un fou qui s'échappe des Petites-Maisons ; je cours sans savoir où je vais.... Personne encore dans les rues ! quel bonheur !.... Mais comment regagner mon appartement ?..... Si on y entre avant moi ?.... Une chambre rangée ; un lit qui n'est pas défait... Oh ! il y a de quoi perdre la tête.

J'étais dans des transes mortelles ; et, pour compléter mon supplice, je rencontre au détour d'une roue...... qui? l'aimante, la vertueuse Sophie, pâle, défaite, pouvant à peine se soutenir. Elle n'a pas dormi plus que moi ; mais quelle différence ! inquiétude, vœux, pureté de son côté, et du mien..... Je suis un misérable.

Mais renoncerai-je au cœur de la plus

parfaite des créatures, en lui dévoilant l'affreuse vérité, ou descendrai-je lâchement jusqu'au mensonge? J'ai menti avec facilité à la mère Servent : je rassurais une mère craintive ; je conservais la réputation d'une enfant sans expérience. Ici je vais mentir, parce que le vice a besoin d'un masque, et je ne suis pas assez dégradé pour être insensible à ce que ma position a d'humiliant.

« Ah! mon ami, quelle nuit j'ai passée, avec quelle douloureuse impatience j'attendais le jour! Deux de » ces nuits-là encore, et je perdrais la » vie et mon amour.... Pardonnez-moi, » mon Dieu, de le préférer à vous..... » Mais, dites-moi donc, cruel homme » que vous êtes, où vous avez passé » cette nuit? — Je sors de chez Servent. » Clair est au sein de sa famille; elle » dort à côté de sa mère, qui travaille.

» Où avez-vous été? Qu'avez-vous » fait?»

Elle ignore l'escapade de Claire. Ses parens n'en ont pas de connaissance positive, et d'ailleurs ils m'estiment assez pour croire que je n'en parlerai pas même à celle...... A celle que tu adores, allais-tu dire, ingrat, perfide! Je ne dévoilerai pas la faute de Claire : mésestimer quelqu'un est un tourment pour Sophie.

Il faut pourtant répondre quelque chose. Je dirai.... que dirai-je? « Claire » était rentrée chez elle; je retournais » au château. Un bruit affreux m'étonne et m'arrête; il partait de cette maison. » J'indique du doigt la première qui s'offre à moi. « Hé! mon ami, c'est » celle du notaire. » Qu'a ce pauvre notaire à démêler avec moi? Je ne puis cependant me rétracter. « Le notaire » se portait aux dernières violences en-

» vers sa jeune femme, qui pleurait et
» demandait grâce. Je frappe à coups
» redoublés. On ouvre; j'entre, et je
» me déclare le défenseur de l'épouse
» infortunée. On s'emporte, et j'oppose
» le raisonnement au soupçon, la mo-
» dération à l'aveugle fureur. On m'é-
» coute, on parvient à s'entendre après
» des discussions interminables. Le
» mari demande grâce à son tour. La
» jeune femme pardonne du fond du
» cœur. Je les quitte, et j'allais rentrer,
» heureux d'avoir ramené la paix dans
» un ménage! »

Femme unique! Elle me comble d'éloges; elle me prend la main; elle passe un bras à mon cou; elle me sourit; elle oublie la fatigue et l'inquiétude; elle en est trop payée par la satisfaction de trouver son amant toujours plus digne d'elle. Meurs donc, tigre, qui fais couler ses larmes, et qui n'en taris la source qu'à force de bassesse et de fausseté.

Fanchette passe à côté de nous, et Sophie lui parle avec bonté. Combien ces marques d'affection, toujours répétées, ajoutent à ce que je souffre! Si Fanchette répond avec une certaine liberté d'esprit, je la méprise, je la déteste sans retour. Son embarras est égal au mien. Elle rougit, elle pâlit, elle balbutie, et c'est encore la femme incomparable qui la rend à elle-même. Sophie loue sa vigilance, sa prévoyance: elle porte un panier au bras.... des œufs, du beurre frais, du fromage. Où a-t-elle été prendre cela?

Elle répond, aux choses flatteuses que Sophie lui adresse, par une simple révérence. Elle s'éloigne! et je lui vois essuyer une larme.... Est-ce le repentir qui la lui arrache? Peut-être est-ce la pitié qui la donne à celle que nous trompons tous les jours. Madame de Mirville inspirer de la pitié à Fanchette!

On était déjà levé au château. Tout le monde m'y marquait de l'amitié, et on faisait courir Baptiste et André pour savoir enfin ce que j'étais devenu. J'entre. Sophie me présente comme un de ces êtres rares qui honorent l'humanité. On plaisante sur le compte du notaire, et Sophie se fâche. On revient; on juge la chose de sang-froid; on me félicite, on m'applaudit. Supplice horrible! Suis-je coupable au point de l'avoir mérité?

Réfléchissez, jeunes gens, au nombre incalculable d'inconvéniens qu'entraîne l'inconduite. Pour masquer la mienne, je ne trouve, dans l'embarras où je me suis mis, d'autre expédient que de diffamer un homme, qui peut-être aime sa femme, comme Sophie mérite d'être aimée.

Je me jette dans mon lit, bourrelé

de remords, et cependant mes yeux se ferment : j'étais excédé de toutes les manières. Le juste seul doit dormir d'un sommeil tranquille. Agité par des songes cruels, courbé sous la verge de ma conscience, j'expiais, loin de tout objet de séduction, le malheur de m'être laissé séduire...... Séduire! L'ai-je été? Non. Mon misérable cœur va sans cesse au-devant du sien.

Le sommeil le plus pénible calme le malheureux, le rend à lui-même et à la raison. A mon réveil, je me promis bien sincèrement de fuir Sophie pour échapper à Fanchette. « Je gagnerai la » première poste à pied, puisque je ne » peux encore monter à cheval. Là, » j'attendrai une occasion pour retour- » ner à Paris. Rendu chez moi, j'écri- » rai à Sophie; je prétexterai des affai- » res inopinées, et peut-être m'aime- » t-elle assez pour me croire sur ma

» parole : elle a cru… elle a bien voulu
» croire….. Vous riez, messieurs, de
» mes scrupules, de mes combats. Re-
» cueillez-vous ; et, si ensuite vous me
» trouvez ridicule, la nature ne vous a
» donné que des sens. »

CHAPITRE VI.

La Séparation.

Je me lève, bien décidé à partir, à partir sans le moindre délai; et cette fois ma résolution est inébranlable. J'éprouve le besoin de respirer un air frais, et j'ouvre ma croisée. Plusieurs voitures entrent dans la cour. Des femmes, des hommes, des malles..... Hé! mais n'aperçois-je pas George, ce vieux valet de chambre qui m'a élevé, et qui vaut mieux que son maître. « George, » George, me voici; monte, et dis- » moi ce que tu veux. »

Il entre, il me remet une lettre de mon homme d'affaires; mes intentions sont remplies. La boutique est louée, garnie; le modeste ameublement est en place. Hélas! j'avais tout oublié près d'elle. Je ne me souvenais plus même des mesures que j'avais prises pour m'en séparer.

Une seconde femme de chambre arrive pour madame d'Ermeuil, une autre pour madame de Mirville ; des effets en quantité pour toutes deux. Oh! Sophie, as-tu besoin des étoffes de l'Inde? N'es-tu pas assez belle de ta seule beauté?

Il y a aussi pour moi du linge, des habits, de l'argent. De l'argent! il peut servir à entretenir la paix de l'âme : il ne la fait pas recouvrer.

Comment lui apprendre qu'elle a un sort indépendant, qu'il faut qu'elle parte, qu'elle s'aille fixer rue St.-Antoine, que je le veux, que je l'exige impérativement? Si j'annonce une éternelle séparation, elle ne voudra point partir; si je lui parle, je ne le voudrai plus.

Je vais lui écrire..... Non, elle me cherchera, me trouvera, me gagnera ;

l'amour et le plaisir parlent, combattent pour elle. Je m'expliquerai avec Soulanges. Homme du monde, il sera indulgent, et en imposera à Fanchette par l'influence du rang..... Que dis-tu? Quand elle t'a sacrifié ce qu'elle avait de plus cher, elle a cru se confier à un homme d'honneur; elle t'a rendu dépositaire de sa réputation. As-tu le droit de la lui ravir?

Mais le curé...... Le curé est un homme, et il n'en est qu'un qui doive savoir que Fanchette.....

Que ferai-je donc? En cherchant à classer mes idées, j'étais descendu au salon. Je m'y promenais machinalement, et j'avais pris sans envie de les lire, un paquet de journaux qui venait d'arriver, et qu'un pur hasard avait fait tomber sous ma main. J'en parcourais un, en pensant à tout autre chose. Ce papier me servait de contenance, comme un éventail à une femme qui rougit, ou qui veut en avoir l'air. Il m'arriva, je ne sais comment, de lire tout haut : l'abbé Aubry prêche demain à dix heures du matin dans la cathédrale de Beauvais; et, en lisant, je ne pensais pas plus à l'abbé Aubry qu'au Grand-Mogol.

« L'abbé Aubry! le premier prédi-
» cateur de l'Europe! Quelle est la date
» du journal, mon ami? — Le 3 mai,
» madame. — Le 3 mai! c'est vraiment
» demain que l'abbé Aubry prêche, et
» je ne l'ai pas encore entendu!... Mais
» dites-moi, monsieur, pourquoi vous
» m'appelez madame? — Ce qu'on doit
» aux bienséances, à la société estima-
» ble qui nous écoute..... — On ne doit
» rien qu'aux bonnes mœurs, mon
» ami; et, quand on paie rigoureuse-
» ment cette dette-là, on peut se dis-
» penser des convenances. Mon ami,
» mon cher ami, je brûle d'entendre
» l'abbé Aubry. Vous me conduirez à

» Beauvais, n'est-il pas vrai? — Oh!
» avec un sensible plaisir. — Nous par-
» tirons après dîner. — De suite, si vous
» le voulez. — De suite, soit. Habillons-
» nous. Pendant le temps que nous
» donnerons à une toilette négligée,
» Baptiste nous trouvera des chevaux.
» Vous nous prêterez Baptiste, n'est-
» il pas vrai, comtesse? — Oh! très-
» volontiers. — Mon ami, nous arrive-
» rons assez tôt pour voir le chœur de
» Beauvais: c'est, dit-on, une des mer-
» veilles de l'église chrétienne. — Que
» sera-ce quand vous y serez? — Du
» sentiment, mon ami, et pas de pointes.
» Je ne les aime pas, et vous avez assez
» d'esprit pour ne pas recourir à de pa-
» reils moyens. Allez donc vous habiller.
» Me promenerez-vous dans Beauvais
» en veste de nankin et en culotte de
» peau? — Chère Sophie, je vole et je
» reviens. — Comtesse, ce soir nous vi-
» sitons la cathédrale; demain nous

» entendons le sermon de l'abbé Aubry,
» et nous revenons à l'heure du dîner,
» pénétrés de l'éloquence, de l'onction
» de l'orateur.—Prenez garde, madame,
» prenez bien garde. On dîne ici à quatre
» heures précises, et vingt minutes de
» retard dessèchent un rôti, ou forcent
» le chef à le laisser refroidir. » L'observation est de l'oncle Antoine.

Je n'ai donc plus besoin de prétexte pour m'éloigner de ce château. Je vais en partir avec la seule femme qui soit au-dessus de Fanchette, qui puisse me la faire oublier...... L'oublier! La fuir; oui, sans doute; l'oublier! Jamais.

Me voilà dans mon appartement. George apprête ce qu'il me faut, et j'entre dans ma chambre à coucher. Maintenant je peux lui écrire; je ne quitterai plus Sophie d'une seconde. Je ne serai plus exposé aux charmes tout puissans de ses regards; je ne craindrai plus ses soupirs, ses tendres plaintes....

Mais elle? que va-t-elle penser, combien va-t-elle souffrir? pauvre Fanchette!..... pauvre moi!

Je tâche de me monter la tête. Je m'arme de la plume cruelle qui va rompre toutes nos relations. Je cherche des expressions austères comme mes motifs. Je relis ce que je viens d'écrire.... C'est l'amour qui soulève un coin de son bandeau. C'est toujours l'amour.

Je déchire, je recommence, je déchire encore. Enfin je m'en tiens à ceci. « Nous nous sommes égarés l'un et » l'autre, chère Fanchette; et nous pen- » sons trop bien tous deux pour ne pas » abjurer une erreur de cette nature. » Je quitte ce château, pour n'y ren- » trer que lorsque vous en serez sortie. » Il est inutile de prendre congé de ma- » dame d'Ermeuil, d'emporter les effets » que vous avez ici. Vous trouverez, » dans l'asile que je vous ai fait prépa- » rer, ce qui est nécessaire aux besoins

» présens, et je vous ai ménagé des » ressources pour l'avenir. Si elles se » trouvent insuffisantes, je pourvoirai » à tout.

» Mon domestique vous conduira. » C'est un garçon discret, qui ne vous » fera pas de questions, par cela seul » que je ne lui aurai pas ordonné de » vous en faire.

» Partez avec lui, aussitôt qu'il vous » remettra la présente. Partez, je le » veux..... » Je le veux! oh! quelle expression!...... Pas de ménagemens. Il est des circonstances où pour frapper juste il faut frapper fort. « Partez, je » le veux, et vous n'avez que ce moyen » de conserver mon estime. »

Mon estime! Hé! oui, mon estime. Comme elle a fort bien dit : entre jeunes gens il n'y a de séducteur que l'amour.

« George? — monsieur? Connais- » tu déjà ici une femme de chambre » qui se nomme Fanchette? — Oh

» monsieur, il suffit de l'entrevoir pour » s'informer de son nom. C'est la fille » la plus séduisante.. — Ce n'est pas de » céla qu'il s'agit, George. Un de ses pa- » rens éloignés, mon intime ami, m'a » écrit de Marseille, et me charge de lui » faire parvenir des secours. Fanchette » entend le commerce de mercerie, et » j'ai chargé mon homme d'affaires..... » — J'entends aussi, monsieur; et c'est » pour elle qu'il a loué cette jolie petite » boutique, rue Saint-Antoine. Toute » autre que mademoiselle Fanchette me » devrait des remercîmens. J'ai eu un » mal, pendant deux jours, à faire » porter, à ranger! mais, quand on la » voit, on est payé de ses peines.

» — Mon ami, mon ami, descendez » donc; les chevaux sont mis, et vous » ne finissez pas. — Je descends, chère » Sophie.

» George, voilà le bail, les quit- » tances des fournisseurs, du receveur

» du droit de patente, et les clefs du » nouveau domicile de Fanchette. Dès » que je serai parti, vous la pren» drez à l'écart, vous lui remettrez tout » cela ; ensuite vous lui donnerez cette » lettre. Vous la laisserez maîtresse abso» lue du parti qu'elle voudra prendre. » Probablement, elle vous proposera de » l'accompagner jusqu'à la grande route. » — Je le lui proposerai, moi, mon» sieur. — A la bonne heure. Vous en» trerez avec elle dans une auberge » décente, et vous la ferez monter dans » la première diligence qui passera » pour Paris. Vous viendrez ensuite » me trouver à Beauvais, à l'hôtel de la » Tête-Noire. »

Je descends ; je rencontre Sophie, qui, dans son impatience, vient au devant de moi. Je lui présente la main ; nous descendons, nous traversons rapidement le vestibule..... Fanchette est sur les degrés de la cour. Elle est partout, cette Fanchette ! Mais ma Minerve et son égide sont à côté de moi. Cependant il faut détourner les yeux, ou aller révoquer mes ordres, déchirer ma lettre, me condamner à d'interminables faiblesses. C'est au moment même où mon cœur brisé se révolte contre ma raison, que je m'arme d'un courage stoïque. Je porte Sophie dans la calèche ; je m'élance après elle ; Baptiste pique les chevaux. Je lui crie de fouetter plus fort. Je m'éloigne avec rapidité ; et, à chaque temps de galop, je sens que j'ai laissé derrière moi la moitié de ma vie. J'ai l'autre auprès de moi. Ah ! Sophie, c'est pour toi seule que je veux vivre ; mais, égards pour le malheur, tendre intérêt pour ma victime ! Hé ! ne suis-je pas aussi la sienne? Ah ! s'il n'existait pas une Sophie, je terminerais tant de souffrances, de combats. J'oserais être heureux, en dépit des préjugés, à la face de l'univers.

« Mon ami, à quoi pensez-vous donc ?
» — Chère Sophie, je jouis du spectacle
» de la nature rajeunie. » La nature, la pluie, le beau temps, sont les heureux échappatoires de ceux qui n'ont rien à dire, ou qui ne veulent pas dire ce qu'ils pensent.

Sophie suit cette première donnée ; elle admire tout, et dans la moindre fleurette elle adore le créateur. Ah ! c'est dans Sophie qu'il faut le reconnaître et l'adorer...... Et Fanchette !.... Il a fait deux chefs-d'œuvre.

Il n'y a que trois lieues du château d'Ermeuil à Beauvais. Nous allions d'un train à les faire en trois quarts d'heure. La rapidité de la course, le bruit des roues, ne nous permettaient pas de tenir une conversation suivie ; et j'avais tant de besoin de pouvoir parler à moi seul !

Nous arrivons. Nous voilà dans la cour de la Tête-Noire. L'hôte, l'hôtesse, leurs gens, ne laissent rien à faire à la femme de chambre de Sophie. Ils nous aident à descendre; ils s'emparent de nos paquets; ils les portent au plus bel appartement. Cet appartement-là doit être payé cher, n'y passât-on qu'une heure, et n'y prît-on qu'un œuf frais. Tout le monde va, vient autour de nous; on cherche à lire sur nos figures combien rapportera l'honneur de nous recevoir. C'est une bien belle auberge que celle de la Tête-Noire, beaucoup plus belle que celle de l'Ecu-de-France de Chantilly.... Mais à l'Ecu-de-France il y avait une Fanchette! Ici l'amour ne fera pas un temple d'un grenier à foin.

On nous demande si nous voulons être servis chez nous. Il y a donc dans cette auberge une table d'hôte! J'engage Sophie à descendre. Satisfait de moi-même, heureux, à ce qu'il me semble, d'avoir rompu avec Fanchette, j'éprouve cependant un certain fonds de tristesse, qui s'oppose à ce doux abandon dont j'ai contracté l'habitude avec Sophie. Elle décide que nous dînerons dans notre appartement. Je me soumets.

Elle renvoie Caroline.... Vous savez bien? cette femme de chambre arrivée ce matin. Me voilà seul avec elle. Quel prétexte trouverai-je donc qui m'autorise à garder le silence, moi qui ai toujours tant de choses à lui dire?... Une migraine. Oui, une migraine. Cela prend comme un coup de feu, et se passe à volonté, n'est-il pas vrai, mesdames?

J'allais porter la main à mon front: » mon ami, me dit-elle, vous savez » combien je vous aime, combien je » vous estime. Je ne me défie ni de votre » volonté, ni de la mienne; mais la jeu- » nesse et l'amour sont deux séduc- » teurs devant qui disparaissent les ré- » solutions les plus sages..... Nous l'a- » vons éprouvé, cher ami. De quoi

» s'en est-il fallu que nous devinssions » coupables? J'ai ordonné à Caroline » de ne me pas quitter un moment » pendant ce petit voyage. Je vous de- » mande pardon d'avoir cru cette me- » sure nécessaire, et je vous prie de » n'y voir qu'une preuve nouvelle du » sentiment exclusif, invincible, qui » m'unit à vous.

» J'ai pensé qu'il était inutile que » cette courte explication se fît en pré- » sence de Caroline : faites-moi le plai- » sir de la rappeler.

J'y courus, moi, qui, dans tout autre circonstance, aurais maudit cette Caroline, qui la maudirai peut-être dans deux heures..... Oh! quel cœur que le mien!

Nous nous mettons à table. Elle conserve son ton doux, tendre, moelleux, ce ton qui va à l'âme, et qu'elle seule sait entendre. Elle parlait comme si nous étions seuls. Elle veut aimer; elle veut le dire hautement; elle consent que tout l'univers le sache; elle permet les interprétations; elle ne les craint pas; son amour et sa conscience, que lui faut-il de plus ?.... Oh! quelle femme! Sa candeur, sa franchise, ne permettent pas au soupçon de naître. Une autre, qui se conduirait ainsi, ne chercherait qu'à plaire, à attirer par des aveux, à fixer par des privations. Elle est incapable de rien calculer. Elle fait tout par le sentiment intime du bien et du mal. Son amour est plus que sa vie; sa vertu lui est plus chère que son amour.

J'abrégeai le dîner, sous le prétexte qu'il faut voir au grand jour les détails minutieux de l'architecture gothique. Elle prit mon bras; et Caroline, soumise à ses instructions, marchait à côté d'elle. Elle a l'air étonné, cette Caroline, et vraiment il y a de quoi l'être. Aimer avec passion, et se faire garder à vue, c'est ce qu'on ne voit pas tous les jours.

Nous passâmes deux heures au moins dans la cathédrale. Je paraissais regarder tout avec une extrême attention, et je ne voyais dans ce cœur qu'une Magdeleine. Qu'elle est belle, cette Magdeleine! Elle est plus; elle est jolie..... Jésus lui pardonna; qui ne pardonnerait à Fanchette?

Lorsque nous rentrâmes, Sophie me rappela que j'avais bien mal passé la nuit précédente..... Une nuit! hélas! c'était la troisième. Elle m'engagea à me retirer chez moi. « Mon ami, Caroline s'asseoira près de mon lit. Je lui parlerai de vous : ce sera presque vous avoir avec moi. »

J'avais besoin de me reposer; j'avais besoin d'être seul. Je pris la main de Sophie; je la baisai. Elle m'embrassa tendrement. Pourquoi ce baiser-là ne fit-il pas l'effet rapide et brûlant de ceux qu'elle m'avait précédemment accordés?..... Ah! Fanchette, Fanchette!

Il était temps que je me retirasse. J'étais à peine dans ma chambre, que George y entra. Recommander la discrétion, c'est avouer qu'on a des ménagemens à garder, ou quelque chose à craindre. Je n'avais ordonné le secret sur rien : aussi George s'approchait de moi, une lettre à la main, et il avait nommé Fanchette avant d'avoir refermé ma porte... Oh! s'il m'eût trouvé chez Sophie!

« Hé bien, George? — En vous
» quittant, monsieur, j'ai entrevu ma-
» demoiselle Fanchette dans le bosquet
» qui est au bout du jardin de la com-
» tesse. J'ai été l'y trouver. — Après. —
» Elle s'était assise. Une main couvrait
» la plus jolie petite figure... — Pas
» de détails. Poursuivez. — Je lui ai
» remis les clefs, les papiers et votre
» lettre. En la lisant, elle a pleuré. —

« Elle a pleuré, George! — Oh! mon-
» sieur, de manière à fendre un cœur
» de rocher. J'ignore ce qui pouvait
» l'affliger ainsi. — Je le sais, moi, je
» le sais. — Il le veut, a-t-elle dit en
» sanglottant; il l'ordonne, j'obéirai.
» Mais trois jours, trois jours seule-
» ment!... Et puis du galimatias où
» je n'ai rien compris. — Mais finissez
» donc. Où est Fanchette en ce mo-
» ment? — Sur la route de Paris, mon-
» sieur. — Sur la route de Paris. — Je
» lui ai fait part des instructions que
» vous m'avez données : elle m'a suivi
» sans résistance. — Vous a-t-on vu
» sortir du parc avec elle? — Personne,
» monsieur, et nous ne connaissons
» personne à l'auberge où elle a atten-
» du la diligence. J'ai voulu lui faire
» servir quelque chose; elle a tout re-
» fusé.

» Sur un coin de la table, où je lui
» avais fait mettre un couvert, elle a

» vu du papier, une plume et de l'en-
» cre, et elle a écrit cette lettre, qu'elle
» m'a dix fois prié de vous rendre bien
» exactement. — Hé! voyons-la donc
» cette lettre, homme sans pénétration.
» Hé! monsieur, je vous la présente
» depuis que je suis entré chez vous.

Homme sans pénétration! Si les valets sentaient la bassesse de leur condition, s'ils étaient capables de se venger du caprice, de la dureté, du mépris, en osant lever les yeux sur nous, en démêlant au fond de nos âmes la faiblesse, le vice, à travers le misérable vernis, qu'on appelle le bon ton, quelle différence y aurait-il du maître au valet? celle qui existe entre un habit doré et une veste de gros drap.

« George, retirez-vous. — Monsieur
» n'a pas besoin ce soir de mes servi-
» ces? — Non..... Ah! George? —
» Monsieur? — Si demain au château
» d'Ermeuil vous entendez parler de

» Fanchette, vous ne direz rien de ce » que vous savez. — J'entends, mon- » sieur, il y a du mystère. — Vous sou- » riez en prononçant ces mots? Vous » y mettez de la malignité, je crois? » — Moi, monsieur? — Vous. Au » reste, je n'ai rien à me reprocher. » J'en suis persuadé, monsieur. — » C'est assez. Laissez-moi. »

Il a levé les yeux sur moi. Il a voulu me pénétrer; il y a réussi peut-être. Le coupable est toujours puni, ne fût-ce que par la crainte de l'être.

La voilà cette lettre, écrite dans un moment d'angoisse : le papier a été mouillé de ses pleurs. Je brûle de la lire; je frissonne en l'ouvrant.

« Monsieur,

» Vous ne m'avez rien promis, j'en » conviens. Cependant j'ai dû compter » sur les égards dont un homme, tel » que vous, ne saurait s'écarter, même

» avec une inconnue ; et vous avez frois-
» sé, brisé sans compassion un cœur qui
» ne battera que pour vous. Je ne vous
» avais donné d'autres droits que ceux
» de l'amour heureux, et vous vous
» permettez, en y renonçant, de disposer
» de mon sort à venir en maître absolu ;
» vous m'adressez les ordres les plus
» durs ; vous me les transmettez par
» votre domestique : voilà ce que je ne
» conçois pas.

» Vous vous persuadez que je n'ai
» besoin que d'une existence pour vous
» oublier et retrouver ma tranquillité.
» Ce que je vous ai donné est sans
» prix, et ne se paye pas avec de l'ar-
» gent.

» Au reste, vous m'avez bien jugée.
» Vous m'avez crue capable de vous
» sacrifier plus que ma vie, et cette idée
» a pour moi quelque chose de conso-
» lant. Il est consommé, ce sacrifice que
» vous avez exigé. Puisse-t-il assurer

» votre bonheur ! Puissiez-vous ne ja-
» mais me regretter ! »

Elle a raison, elle a raison. En l'abandonnant, avais-je des ordres à lui donner ? devais-je charger un valet de leur exécution ? Je l'ai humiliée de toutes les manières. Ma conduite me déshonore à mes propres yeux. Un vain repentir ne réparera pas les outrages que je dois lui faire oublier. Je prends la poste à l'instant. Je cours rue Saint-Antoine ; je dépouille tout ce qui tient à de vaines considérations ; je tombe à ses pieds, je lui demande grâce ; je ne me relève qu'après lui avoir entendu prononcer le pardon..... Si je la vois, je n'ai plus la force de m'en éloigner ; je perds le fruit de mes combats, de mes efforts ; vaincu par ses charmes, par ses pleurs, je me donne à elle sans retour ; je déchire le cœur de Sophie ; j'élève entre elle et moi une insurmontable barrière... Sophie !... Fanchette !...

Je ne sais quelle est celle que je dois préférer ; j'ignore quelle est celle que j'aime le plus.

Quoi ! parce que madame de Mirville a un rang dans le monde, une fortune brillante... Elle a d'ailleurs tout ce qui peut assurer la félicité du plus délicat et du plus exigeant des hommes... Mais Fanchette, dépouillée du prestige du rang et de la fortune, est une femme aussi, une femme charmante, qui a tout fait pour moi ; et je ne dois rien à madame de Mirville... C'en est fait, je pars.

... Malheureux ! tu ne dois rien à madame de Mirville, et elle t'adore ! et le monde, et les préjugés, et les convenances, veux-tu tout braver à la fois? Fait pour être utile à ton pays, pour prétendre à tout, passeras-tu ta vie, obscur, oublié, entre les bras d'une femme que tu cesseras d'aimer un jour, puisque cesser d'aimer est un malheur attaché à la condition humaine? Tes yeux s'ouvriront alors. Quels seront ton dédommagement, ta consolation?... Je reste. Il n'est qu'une sorte d'amour pour l'homme qui se respecte; c'est celui qu'il peut avouer publiquement.

Cette lettre... cette lettre! elle est encore dans mes mains! Je ne peux m'en détacher... Si je la relis, je pars... Je la brûle.

« George! » Et en l'appelant, je sonne à casser sonnette et cordon. Il entre à demi déshabillé. « Mettez-moi au lit.
» Emportez mon habit, ma malle, tout
» ce qui est à mon usage. Demain de
» très-bonne heure, vous déploierez,
» vous épousseterez tout, et je vous
» demanderai ce que je voudrai mettre:
» ces bottes... ces bottes surtout, em-
» portez-les. — Elles sont cirées. — Em-
» portez-les, vous dis-je. »

Il ne me reste qu'un caleçon. Me voilà dans l'heureuse impossibilité de partir, à moins que je descende jusqu'à laisser voir mon extravagance à George, qui peut-être n'en a déjà que trop vu.

Je me jette dans mon lit. Je me tourne, je me retourne; le sommeil semble me fuir. Sophie et Fanchette m'obsèdent sans cesse. Elles sont là. Je les vois, brillantes d'attraits et d'amour... Oh! grâce, grâce. Éloignez-vous, images adorées. Que je puisse reposer quelques heures, recouvrer ma raison et mon jugement.

CHAPITRE VII.

Le Sermon.

Il est venu ce sommeil réparateur, qui rafraîchit le sang, qui calme l'infortuné. Les douleurs de la veille sont déjà loin de moi; il n'en reste qu'un souvenir, que je m'efforce d'éloigner. Je vais entrer chez Sophie, la voir, l'entendre, lui parler, prendre de nouvelles forces, tout oublier près d'elle.

J'étais attendu. Le déjeuner est servi; je me place vis-à-vis d'elle. Qu'elle est bien dans son déshabillé du matin! Point d'ornemens superflus, rien qui annonce les efforts si souvent inutiles de l'art. Elle est belle de sa seule beauté, et elle n'est comparable qu'à elle-même... si ce n'est pourtant à F.... Ne prononçons plus ce nom-là.

Nous voilà chez nous; nous sommes à notre aise, nous avons l'air d'être à notre petit ménage. Elle change d'assiette avec moi; je prends son verre, elle prend le mien. Le morceau que j'ai touché lui paraît le meilleur : le meilleur vin est celui qu'elle a goûté. Je retrouve des idées, des mots, et le mot que je viens de dire en amène un autre plus heureux : elle y a si tendrement répondu!

Elle est toute à l'amour, et cependant elle n'a pas oublié le prédicateur à la mode. Quelle figure a cet abbé Aubry? Son organe est-il pur? Son geste noble? Mérite-t-il enfin sa réputation? C'est ce que nous allons voir.

Je vais écouter un sermon tout entier, un sermon en trois grands points! En eût-il six, qu'importe? Je serai auprès d'elle, et l'ennui ne l'approche jamais.

Caroline lui fait observer qu'elle n'a

que le temps nécessaire pour s'habiller. Il faut que je sorte, c'est tout simple. Je monte chez moi, et j'appelle George. Je ne suis pas connu à Beauvais; je vais conduire une femme qui fixera tous les regards; je suis bien aise de ne pas trop la déparer : je choisis ce qu'il y a de mieux dans ma garde-robe de campagne.

Vouloir se faire juger sur son habit, c'est avoir une assez mince idée de soi-même; c'est user d'une ressource bien ordinaire; c'est être la plate copie de plus plats originaux. Mais après tout, sur quoi jugerait-on un homme qu'on ne connaît pas, et qui ne peut faire valoir un peu d'esprit, puisqu'il est réduit à écouter, sans pouvoir répondre? Ma foi, je dirai comme tant d'autres : oh! mon habit, que je vous remercie!

Sophie est parée, très-parée. L'amour de Dieu s'accorde fort bien avec l'amour de soi. Ces deux amours-là n'en font peut-être qu'un. Peut-être n'aime-t-on Dieu que par le besoin qu'on croit en avoir, ou par le plaisir qu'on trouve à aimer quelque chose. Semblable aux rois, il est rarement aimé pour lui-même.

Caroline aussi a fait un brin de toilette... Elle n'est pas mal du tout cette Caroline... A quoi vais-je penser?

Nous partons. Je m'aperçois bientôt qu'on nous remarque, qu'on nous suit. Les jeunes gens de Beauvais sont connaisseurs, et je les en félicite.

« Oh! la jolie femme! dit l'un; char-
» mante! céleste! répond l'autre. » Ces exclamations sont jetées à demi-voix, mais de manière à ce que Sophie ne perde pas un mot. A Beauvais, comme à Paris, un jeune homme sait qu'une jolie femme pardonne aisément à l'imagination qu'elle exalte. Moi, j'étais enchanté que le suffrage universel justifiât mon choix. Je cherchais à mettre dans

ma démarche l'aisance d'un homme du grand monde, et je crois que j'annonçais, malgré moi, la fierté d'un conquérant.

Comment donc! les femmes s'en mêlent aussi! Elles paraissent même louer avec franchise. Des femmes rendre franchement justice à la beauté! Sophie est donc bien belle, ou les femmes de Beauvais sont faites autrement qu'ailleurs.

Et moi aussi j'obtiens ma part d'éloges! oh! c'est bien fort. J'entends murmurer derrière nous : oh! le joli couple! qu'ils sont bien assortis! quel dommage s'ils n'étaient amans ou époux! Sophie rougissait jusqu'au blanc des yeux. Je sentais qne je me tenais plus droit qu'à l'ordinaire.

Nous entrons à la cathédrale. Mêmes murmures, mêmes signes d'approbation. On s'écarte par un mouvement naturel et général; on nous ouvre un passage. Peut-être ces prétendues marques d'attention, cet hommage, qui me paraît involontaire, n'expriment-ils que ces égards qu'on accorde si facilement à des étrangers à qui on veut donner une certaine opinion de son urbanité... Mais non. Nous voilà assis; et un demi cercle se forme devant nous. Les jeunes gens qui nous suivaient se placent vis-à-vis de Sophie. Ils la regardent... ils la regardent!

A travers quelques voiles très-clairs... Ce meuble-là a été imaginé sans doute pour cacher les rides naissantes, et rendre, par un reflet heureux, au teint passé ou refait, le pouvoir de faire quelques dupes d'un moment. Les femmes sur le retour entendent leurs intérêts: elles ont fait faire ces voiles assez riches, pour qu'Hébé elle-même consente à sacrifier au luxe une partie de ses avantages, et quand la maman gagne en proportion de ce que perd sa fille, tout est à peu près égal... A travers donc quelques voiles très-clairs, je surprenais des yeux constamment fixés sur moi. Ces yeux-là avaient-ils quarante ans, n'en avaient-ils que vingt? n'importe; il est toujours flatteur d'inspirer de l'intérêt... Ah! mon Dieu! je crains bien que l'abbé Aubry ne soit écouté que de Sophie, qui peut-être encore n'en aura que l'air.

Il paraît; il commence. Petit, maigre, sans organe, sans noblesse dans son débit, homme de beaucoup d'esprit, mais toujours au-dessous du sublime qui convient à la chaire, il me paraît valoir moins que sa réputation. Des réputations! Hé! ne s'en fait-on pas à Paris comme on veut! Voyez la belle Limonadière et les Cendrillons.

Il prêche sur la continence. Et moi aussi j'ai prêché la continence à Claire: puisse l'abbé Aubry la pratiquer mieux que moi!

5

Il a fini ; il nous a donné sa bénédiction d'un petit air assez leste ; nous nous levons et nous voyons, dans un banc en face de la chaire, l'évêque de Beauvais, qui ressemble un peu aux vieilles filles, qui, ne pouvant se marier, se consolent en faisant des mariages. Il avait marié madame de Mirville ; il la reconnut d'abord, et la salua avec des marques de considération, qui n'échappèrent point à l'auditoire. Une femme charmante, qui paraît riche, et qui est considérée de monseigneur ! Nous n'avions obtenu jusqu'alors que des éloges ; en nous approchant du banc, nous recevions de droite et de gauche de grandes révérences, que nous ne pouvions rendre qu'en gros. A peine avions-nous salué monseigneur, que son banc fut entouré de ce qu'il y avait de plus distingué dans la ville. Je ne sais quelle part s'attribua le prélat dans cet empressement général ; mais je suis certain que Sophie en était l'unique objet. Il est si naturel de vouloir connaître si la douceur de l'organe, si la fraîcheur et le charme des idées répondent aux grâces de la personne qu'on voudrait trouver accomplie !

Monseigneur nous fit l'honneur de nous engager à dîner. Sophie me regarda d'un air qui voulait dire : qu'en pensez-vous ? Je n'aime pas les dîners qui m'honorent, les dîners théologiques surtout. Je tournai à monseigneur un compliment, qui parut lui plaire beaucoup, quoiqu'il servît d'enveloppe à un refus positif. Je surpris un sourire d'approbation sur des lèvres voilées et non voilées : ces dernières sans doute n'étaient pas les moins fraîches, et je sortis du temple du Seigneur aussi vain que le prédicateur, qui venait de prêcher ; qu'une vieille coquette, à qui on adresse quelques douceurs ; qu'un jeune officier, qui prend sa première épaulette ; qu'un avoué dont le mémoire de frais n'a pas été réduit par la chambre ; qu'un petit abbé, qui a opéré une conversion ; qu'un vieux mari, qui se croit adoré de sa jeune femme ; qu'un pauvre honnête homme, qui a refusé la fourniture d'une armée ; qu'un auteur, qui vient de réussir ; qu'un sot, qui se croit du mérite ; que toute une société littéraire ; qu'une femme auteur ; qu'un comédien, etc., etc.

Nous sommes remontés dans notre calèche, et je presse Baptiste d'avancer, parce qu'il faut prévenir une scène inévitable, si le rôti est froid ou brûlé.

Mademoiselle Caroline est sur le devant, et je ne peux adresser un regard à Sophie qu'il ne soit intercepté. A l'auberge que nous quittons, Caroline allait et venait par la chambre ; sa présence n'avait rien de trop incommode ; elle est trop près ici. Elle me gêne, elle m'embarrasse ; je ne sais quelle contenance prendre. Oh ! quand nous serons au château, je la ferai reléguer dans son cabinet. Il n'y a plus de robes à arranger pour Sophie; rien à faire pour la comtesse. Chacun sera à sa place.

Baptiste oublie de temps en temps qu'il est cocher. Il regarde ce qui se passe dans la calèche... Non, c'est Caroline qu'il veut voir. Le coquin ne manque jamais de l'avertir du coude qu'il va se tourner; Caroline ne manque jamais de saisir le moment. Je le saisis aussi moi; je presse la main de Sophie sur mon cœur; tout le monde est occupé. Le goût naissant de Baptiste est tout à mon avantage : je lui pardonne celui-ci.

Il faut que les yeux de Caroline aient bien du charme, car ceux de Baptiste se portent continuellement du chemin à Caroline et de Caroline au chemin.... Pan ! un cahot qui le fait sauter du siége sur le pavé.... Crac, les chevaux qui s'effraient, qui s'emportent.... Bon! Caroline, qui feint de trembler pour elle-même, qui craint pour monsieur Baptiste, qui s'élance et qui entraîne les rênes après elle... Que diable! n'ont-ils pas aujourd'hui, demain, après demain pour se faire l'amour..... Il me convient bien de m'ériger en modérateur des passions!

Me voilà seul avec Sophie, et j'en suis enchanté. Si la voiture verse, je la prends dans mes bras, je m'expose à la violence de la chute.... Me voilà à terre; j'ai reçu le coup. Je me suis cassé un bras, ou une jambe; mais j'ai épargné jusqu'à une meurtrissure à l'objet que j'idolâtre. J'en serai plaint; je lui serai plus cher; la reconnaissance se joindra aux sentimens qui font le bonheur de sa vie; elle cédera au besoin de soulager un cœur qui ne pourra plus suffire aux sensations dont il sera surchargé; elle m'épousera; elle s'en applaudira, parce que je serai toujours digne d'elle.

Bah! rien de tout cela. Une oie est toujours une bête, et un cheval de charrette une rosse. Nos deux mazettes, qui couraient à tout rompre, s'arrêtent tout à coup sur le revers du fossé et se mettent à paître avec la tranquillité et la gourmandise du roussin de Sancho. Je descends : je relève les rênes et je vois derrière nous mademoiselle Caroline et monsieur Baptiste bras dessus, bras dessous, tout à leurs affaires, et s'inquiétant fort peu des miennes.... Ma foi, à leur place, j'en aurais fait autant.

Sophie voit tout, sans se douter de rien : les anges ignoreraient l'existence du mal, s'ils n'avaient été témoins de la chute du mauvais génie. Mais Sophie s'impatiente; elle appelle, elle gronde doucement sa femme de chambre. Moi, je n'ai à dire à Baptiste..... Depuis qu'il fait l'amour à Caroline. Le drôle! je parierais qu'en un quart-d'heure il a plus avancé, que moi depuis notre départ de Paris. C'est une bien belle chose, une chose bien respectable que la vertu... Le plaisir ne vaut-il pas mieux? Oh! non, non. L'abbé Aubry vient de nous assurer le contraire. Le prédicateur à la mode ne se trompe jamais.

CHAPITRE VIII.

La Calomnie.

Du Reynel était en vedette sur le balcon, tremblant sans doute pour le dîner. Il vient au-devant de nous d'un air riant; il présente la main à Sophie. « Vous aviez encore une heure, nous » dit-il; mais s'il faut que quelqu'un » attende, il vaut mieux que ce soit » vous que le chef. » Nous cherchâmes la comtesse; personne ne put nous dire où elle était : je crus fort inutile de demander Soulanges. Sophie ne cessait de répéter qu'elle voulait leur donner le bonjour à tous deux. Je la conduisis partout, où j'étais sûr qu'ils n'étaient pas : pardonnons une faiblesse à qui sait être tolérant. Les méchans seuls n'ont pas le droit de faillir.

Ils reparurent enfin... un peu chiffonnés. La comtesse sourit en me voyant ; elle rougit en regardant Sophie. Prédicateur et prédication à part, la vertu aimable a un ascendant auquel il est impossible de se soustraire.

Nous étions tous cinq assez contens de nous et des autres, et nous nous mîmes gaiement à table. Jamais je n'ai vu du Reynel d'aussi belle humeur. Il est vrai que tout était assaisonné et cuit à un degré de perfection, auquel le meilleur cuisinier n'est pas sûr d'atteindre deux fois dans l'année. « Messieurs, nous » dit le gros garçon dans son enthou» siasme gastronomique, les uns aiment » le sermon ; les autres, je ne sais quoi ; » moi, j'ai la passion de la célébrité, et » pendant les cinq à six heures que j'ai » passées seul hier et ce matin, j'ai ima» giné, j'ai créé un plan... — De forti» fications, d'attaque, de défense? — » Bien mieux que cela, mon cher Sou-

» langes.—Mieux que cela ! vous éclip-
» serez les plus grands hommes de
» France.—Je le sais bien, parbleu. Je
» perds de réputation les frères proven-
» çaux ; j'offre à la sensualité une réu-
» nion de mets qu'on n'a encore vue
» nulle part. Voici le menu du repas
» de noces d'Eustache. Les vieillards
» en parleront avec admiration à leurs
» arrières petits-enfans. Écoutez bien. »
Il tire de sa poche et déroule une longue bande de papier, il lit :

Hors-d'Œuvres.

Beurre et sardines de *Bretagne ;* andouillettes de *Châlons ;* anchois, olives, thon mariné de *Marseille ;* saucisson de *Lyon ;* huîtres de *Cancale.*

Potages.

A la julienne, aux herbes, au riz, au vermicelle.

Vingt livres de bœuf de *Poitiers.*
Moutarde de *Dijon.*

Entrées.

Turbot de *Dieppe;* oie farcie d'*Alençon;* anguille d'*Amiens;* pieds de cochon de *Sainte-Menehoult;* chapon de *Bourg en Bresse;* saumon de *Coblentz;* terrine de *Nérac;* pâté de foie gras de *Strasbourg;* pâté aux perdrix truffées d'*Angoulême.*

Rôtis.

Dinde aux truffes de *Périgueux;* rognon de veau de *Pontoise;* coq-vierge de *Bolbec;* perdrix rouge du *Querci.*

Entremets.

Galantine d'*Angoulême;* écrevisses de *Dijon;* macaronis de *Bergame;* gâteaux d'amandes de *Pithiviers;* tourte à la frangipane; tourte à la gelée de groseilles; tourte à la marmelade d'abricots; tourte à la gelée de pommes de Rouen. Ces quatre derniers articles de chez *Rouget.*

Dessert.

Épine-vinette de *Bar*; fruits secs de *Brignolles*; fromage de *Roquefort*; figues de *Marseille*; mirabelle de *Metz*; raisinet de *Perpignan*; poires tapées du *Limodin*; pruneaux de *Tours*; dragées de *Verdun*; confitures de *Dijon*, pain d'épices de *Reims*; fruits en pâte du *Puy-de-Dôme*; vingt assiettes de menue pâtisserie de chez *Rouget*.

Vins.

De *Beaune*, de *Tonnerre*, de *Pomare*, de *Vougeot*, de *la Romanée*, d'*Aï*, d'*Arbois*.

Liqueurs.

De *Blois*, de *Grenoble*, de *Mont-*

pellier, de *Niort*, de *Nîmes*, de *Verdun*, de *Bordeaux*.

« Observez que je n'emploie que des » productions indigènes : il est d'un bon » citoyen de faire valoir celles de son « pays. Que serait-ce si, comme Lu- » cullus, j'avais mis à contribution les » trois parties du monde, alors connu? » Que diriez-vous, si j'avais tiré de la » quatrième l'ananas, le melon d'eau, » le rhum, le rack, et la rosée balsa- » mique des respectables successeurs » de la veuve Amfoux? — Je dis, mon » cher du Reynel, qu'à vous seul vous » êtes capable de donner une indiges- » tion à tout un régiment. — Madame » la comtesse, n'en a pas qui veut, et » après le plaisir de se l'être donnée, » vient celui de la guérir avec du kirsch » de la Forêt-Noire, et le meilleur thé » de la Chine.

» J'envoie par le premier courrier mon

» admirable liste à mon marchand de » comestibles de Paris : il faut lui don» ner le temps de se pourvoir. »

Le menu du repas de noces d'Eustache nous amusa quelques instans. Nous critiquâmes un peu le gros garçon : c'est le moyen d'entretenir le noble feu d'un auteur. Soulanges lui dit que des andouillettes ne sont pas hors-d'œuvres. J'ajoutai que la galantine n'est pas entremets. Du Reynel trouva trente raisons pour maintenir sa galantine et ses andouillettes... Il était écrit dans le livre du destin que le dîner unique ne figurerait que sur le papier.

« A propos, dit la comtesse, savez» vous ce qui est arrivé pendant votre » voyage de Beauvais? Fanchette est » partie. Elle m'a écrit de la première » poste qu'elle était désespérée de me » quitter; mais qu'elle y était forcée » par des raisons de la plus haute im» portance.... » J'étais sur les épines.

Je sentais qu'il était impossible que je ne me décélasse point, si on parlait plus long-temps de Fanchette. Sophie marqua de l'étonnement, mais en quatre mots, et Soulanges parla d'autres choses. Les grands oublient si vite les petits!

Nous allions quitter la table, lorsque La Roche apporta les journaux et les lettres du jour. Chacun prit les siennes, et je vis Sophie pâlir, rougir, en parcourant rapidement celle qu'elle venait d'ouvrir. Je ne m'alarmais pas trop : je pensai simplement qu'il était arrivé quelque chose de fâcheux à quelqu'un de sa connaissance : elle est si aimante! Bientôt elle laissa tomber la lettre sur la table; sa physionomie devint fixe; ses yeux s'attachèrent au plafond; deux ruisseaux de larmes s'ouvrirent.

Je me lève précipitamment; je cours à elle... « Sophie, ma chère Sophie, » qu'avez-vous?.... Regardez-moi; ré-

» pondez-moi... Par grâce, répondez » moi. Qu'avez-vous? » Elle me montre du doigt cette malheureuse lettre : c'est m'autoriser à la lire... » Les scélérats! » les monstres! je les connaîtrai. Le » châtiment sera terrible!... »

Voilà ce que lui écrit sa mère :

« Votre veuvage vous rend au fond maîtresse de vous-même. Mais toutes les femmes, celles de votre âge surtout, ne sauraient mettre trop de circonspection dans leur conduite ; jamais d'ailleurs elles ne bravent impunément l'opinion. On dit partout ici que vous êtes allée vous cacher à la campagne avec un des plus beaux hommes de Paris; que vous avez passé ensemble une nuit toute entière dans la forêt de Chantilly ; que vous avouez hautement l'inclination qu'il vous a inspirée; que vous lui prodiguez, même en public, des caresses que réprouve la décence.

» Je me flatte que ces imputations, dont

j'ai été instruite la dernière, selon l'usage, sont au moins exagérées. Cependant il est vraisemblable que vous avez fait quelque imprudence, et on veut en profiter pour vous perdre de réputation. J'ignore quels sont vos ennemis. Mais il faut leur imposer silence en reparaissant dans le monde, et en y tenant une conduite irréprochable. Il aime à croire ce qui flatte sa malignité; mais il revient facilement sur le compte d'une jeune et jolie femme, à qui on n'a rien de positif à reprocher.

» Si j'ai conservé sur vous quelque empire, si vous avez pour moi un reste d'affection, vous partirez aussitôt. Je recevrai ma fille avec indulgence, si elle avoue en avoir besoin. »

Mon sang bouillonne... ma tête s'égare... je ne me connais plus. Je vais à Sophie; je m'en éloigne, à l'idée du tort que je lui ai fait, que je peux lui faire encore.... Je tombe aux genoux de la comtesse; je la supplie, je la conjure de soulager, de consoler mon amie.... Je marche à grands pas; je cherche à classer mes pensées....

Ce sont elles... Il n'y a qu'elles... Elles seules à Paris sont instruites des circonstances détaillées dans cette lettre; elles seules sont capables de les avoir empoisonnées. Quoi! parce que j'ai découvert leur conduite infâme, parce que je les ai crues indignes de respirer le même air que Sophie, parce que je les ai forcées à s'éloigner, elles se vengent de moi en calomniant l'innocence; elles veulent la dégrader dans l'opinion publique, la rendre hideuse comme elles! Il faut donc redouter le vice au point de n'oser le démasquer. Il n'y aura donc plus de distinction de la turpitude à la pudeur. Quel sera le prix de la vertu, si le monde est forcé à tout voir du même œil?... Valport, d'Allival! n'était-ce pas assez d'être viles? fallait-il vous rendre criminelles?.... Je vous méprise au point de ne jamais vous adresser un reproche. Mais si un homme, quel qu'il soit, a sciemment contribué à propager ces infamies, malheur à lui, malheur à lui !

Soulanges me prend la main et me tire à l'écart : « Jamais, me dit-il, ressenti» ment ne fut plus juste. Quoi que vous » entrepreniez, comptez sur moi à la » vie et à la mort. »

» —Sophie, il faut partir, partir à l'ins» tant même ; il faut nous séparer pour » quelque temps... Ne plus la voir ! ne » plus entendre cette voix enchante» resse !... Le pourrai-je ?... Oui. Votre » réputation m'est plus chère que mon » amour. » Elle me serre dans ses bras ; elle me presse sur ce sein d'albâtre, asile des sentimens vertueux ; elle mouille mes joues de ses larmes.... Mon cœur se gonfle ; il s'ouvre ; des pleurs répondent à ses pleurs... Des pleurs ! C'est du sang qu'il me faut.

La comtesse a donné ses ordres. « Nous partirons tous, dit-elle. Je descen-

» drai avec madame de Mirville chez sa » mère, et je la désabuserai. J'accompa» gnérai partout votre amie. On ne sup» posera pas que je voie, que je défende » une femme qui ne se respecte point. » Vous partirez seul, monsieur, et vous » ne paraîtrez point de quelques jours. » Mais vous écrirez à madame ; elle vous » répondra. — Si je lui répondrai! j'y em» ploierai les journées, sans pouvoir lui » dire combien je l'aime. — Vous m'a» dresserez vos lettres ; je les ferai tenir à » tous deux. Comptez sur mon inaltérable » amitié.

» — Sophie!... Sophie! non, nous ne » partirons pas. Il est, pour imposer » silence à la calomnie, un moyen plus » certain que d'aller la braver en face. » Oubliez les préventions que vous avez » opposées à mes vœux. Qu'un nœud res» pectable et chéri efface le passé, quel » qu'on puisse le supposer; que l'amour » embellisse notre jeunesse; qu'il soit

» encore la consolation de nos vieux jours;
» qu'il ne s'éteigne qu'avec nous. Ma
» chère Sophie, rendez-vous à ma
» prière; cédez à votre propre cœur;
» osez être heureuse... Mes amis, se-
» condez-moi, je vous en conjure. Tom-
» bons à ses genoux; tâchons de la
» fléchir. »

J'étais à ses pieds; la comtesse lui tenait la main; Soulanges et du Reynel se pressaient autour d'elle. Ce que le raisonnement a de plus fort, ce que la persuasion a de plus doux fut dit, répété, senti. Sophie était ébranlée; la douleur avait disparu devant l'amour; il se peignait dans ses yeux; il agitait son sein; il faisait battre son cœur. Une main se détachait; je la voyais; je l'attendais; elle allait tomber dans la mienne.... « Non, dit-elle avec force,
» cela ne sera jamais. Ce que vous ap-
» pelez préventions, est l'effet de la plus
» douloureuse expérience. Comme vous,

» monsieur de Mirville m'avait juré une » éternelle fidélité. J'ai supporté son in- » constance ; je ne survivrais pas à la » vôtre. Votre amour est ma suprême » félicité ; il est plus que ma vie ; je ne » m'exposerai pas au danger de vous per- » dre. Partons, madame. Je ne crains » pas les méchans ; quoique j'aie cédé à » un premier mouvement d'effroi et d'in- » dignation, je ne daignerai pas les mé- » nager. Mais ma mère demande, sollicite » mon retour à Paris. Ma condescendance » lui prouvera mon affection : voilà ce qui » me détermine. Partons. »

Baptiste et Caroline restent pour faire les malles et les expédier comme ils pourront. Le reste des gens monte dans la calèche. La comtesse prend dans son carrosse Sophie, Soulanges et du Reynel. La Roche me prête son cabriolet.

Le bruit des fouets se fait entendre : c'est le signal du départ. Je marche à trente pas derrière le carrosse. Je le suivrai jusqu'aux barrières : je peux au moins me dire, elle est là.

Quelle différence de ce voyage au précédent ! Mon cœur s'ouvrait à l'amour et à l'espérance : il est maintenant en proie à la douleur, à la haine, à la vengeance.

A quoi tiennent les réputations ! Madame d'Ermeuil est faible, je n'en saurais douter ; mais elle est rigide observatrice des bienséances. Sophie au contraire.... Fixer l'estime des hommes, n'est donc que l'art de les tromper !

C'est la comtesse qui reproduira Sophie dans le grand monde, qui y sera son appui ! La vertu avoir besoin d'être protégée ! et par qui !

Heureuses celles qui, à la faveur de leur obscurité, disposent de leur cœur, sont maîtresses absolues de leurs actions, ne redoutent pas le blâme, non qu'elles le bravent, mais parce qu'il ne peut les atteindre.

Les voitures volent. Croit-on que nous n'arriverons pas assez tôt à Paris, et cependant il ne me reste d'elle que la certitude d'être aimé.... Quelquefois il me semble que le vent m'apporte l'air qu'elle a respiré.

Nous voilà à Chantilly. On s'arrête ; je m'élance, je lui présente la main ; je la reçois dans mes bras. Je la porte dans cette auberge ;... je traverse avec elle cette cour, qui conduit à un certain grenier.... Fermons les yeux, et jetons un voile sur notre mémoire.

Il est tard. On veut prendre ici quelque chose, y passer le reste de la nuit. On est dans cette même salle où elle m'a servi un restaurant, où elle était debout devant moi, pendant que j'écrivais à mon homme d'affaires.... Je ne resterai pas là. Demain d'ailleurs ne faudra-t-il pas faire des efforts nouveaux pour m'arracher à Sophie ? J'ai trouvé de la force pour un premier sacrifice, je n'en aurais

pas pour un second... « Adieu, Sophie.
» Adieu. »

Je sors, j'appelle George; je l'envoie chercher des chevaux; je les attends dans la rue... J'entends Sophie. Elle veut sortir. La comtesse la retient.... Elle a raison.

A une toise de distance, je suis déjà loin d'elle. Me voilà seul avec mon cœur. Ah! si je pouvais aussi m'en séparer!

Les chevaux sont mis; je monte; ils m'entraînent. Je tombe dans un accablement profond. Tant mieux: le léthargique ne souffre point.

On arrête à ma porte; je descends; George me conduit. J'entends mes domestiques rire, chanter. George m'annonce; le silence règne; le respect succède à la gaieté. Riez, chantez. Je n'ai droit qu'à vos services: vous n'avez pas renoncé à celui d'être heureux.

George me rappelle que j'ai fait trente lieues sans me reposer, sans rien prendre.

Il me donne ma robe de chambre ; il fait monter un consommé ; il me le fait prendre ; il prépare mon lit ; il me couche ; je m'endors... Comment ai-je pu dormir !

FIN DU SECOND VOLUME.

TABLE

DES

CHAPITRES.

FIN DE LA TABLE DES CHAPITRES.

Manuel du Fabricant de Verdet ou Vert-de-gris et du Fabricant d[…] ou Cristaux de Vénus (acétate de cuivre cristallisé); par *L.-S. Lenorm*[…] fesseur de physique et de chimie. Un vol. in-8°. 1813. Prix, 2 fr. 50 c[…] de port par la poste.

Méthode simple et abrégée au moyen de laquelle il est facile de dress[…] comptes courans d'intérêts jour par jour sans qu'il soit nécessaire de conn[…] clôture du compte ni le taux de l'intérêt; in-8.° Prix, 1 fr. et 1 fr. 25 cent.

Monnaies (Traité des) **d'or et d'argent** qui circulent chez les différens p[…] sous les rapports du poids, du titre et de la valeur réelle avec leurs diverses en[…] du rapport de l'administration des monnaies à S. Exc. le Ministre des finance[…] ouvrage; par M. *Bonneville*, essayeur du commerce. Un volume in-folio carto[…] double. Prix, 72 fr. avec le supplément, et 81 fr. par la poste. On a tiré que[…] sur papier vélin, dont le prix est de 150 fr. avec le supplément, et par la poste[…]

Cet ouvrage est orné de 189 planches qui présentent les empreintes de[…] monnaies d'or et d'argent des quatre parties du Monde, frappées depuis en[…] demi, et contient: 1° le rapport des anciens poids français avec les nouve[…] des nouveaux avec les anciens; 2° une table de correspondance et de l'échel[…] avec les échelles des titres anciens, tant pour l'or que pour l'argent; 3° l[…] lièmes d'or par kilogramme, contenus dans un lingot de doré ou d'or tenant[…] d'or ou d'argent par marc.

L'article des monnaies de chaque pays se compose des objets suivans; sa[…] de compte; une table des rapports du poids employé à peser l'or et l'argent[…] France anciens et nouveaux; la description des monnaies réelles; les lo[…] poids, le titre, et les tolérances ou remèdes dans le cas où elles sont connue[…]

Cet exposé est suivi de tableaux où l'on trouve: 1° les dénominations des[…] par règne; 2° les numéros des planches et des pièces; 3° le poids des pièces es[…] karrats ou en deniers et en millièmes, avec des notes où sont désignées les[…] que l'on trouve sur les mêmes espèces, avec leur millésime, ainsi que les piè[…] cation qui circulent, et leur titre; 5° la quantité de matière fine contenue da[…] l'essai, exprimé en poids anciens et nouveaux; 6° enfin le titre et le prix d[…] le tarif de France.

M. *Bonneville* a enrichi son ouvrage d'un supplément, où toutes les pièce[…] nues sont évaluées en francs et centimes, non-seulement suivant le prix du t[…] des pièces, mais encore suivant leur valeur dans le commerce des échange[…] aux monnaies de l'Empire français; c'est-à-dire que l'auteur a encore donné[…] ces pièces en francs et centimes sans déduction des frais de fabrication, toujours comprise dans le tarif.

Monnaies (Tableau des) **étrangères comparées a celles de Fr**[…] gravé. Prix, 3 fr., et 3 fr. 20 cent. franc de port par la poste.

Poids (Rapport des) **et Mesures** avec les anciens des diverses provinces de[…] tous les pays, précédés d'un Exposé sur le Système métrique, et suivis d'un T[…] toutes les monnaies du globe et des calculs d'intérêts simplifiés, tableau a[…] trouve l'intérêt de toutes sommes à tel nombre de jours et à tel taux d'escon[…] une seule multiplication; par *Soulet* (d'Uzerches). In-8°. Prix, 5 fr., et[…] de port par la poste.

Poterie, (l'Art de fabriquer la) façon anglaise, contenant les procédés et no[…] la fabrication du minium, celle d'une nouvelle substance pour la couverte, […] vitrifiables, l'Art d'imprimer sur faïence et porcelaine, et un Vocabulaire de t[…] chimiques, avec gravures; par M. *Bouillon-Lagrange*, docteur en méde[…] Prix, 2 fr. 50 cent., et 3 fr. franc de port par la poste.

Rudiment de la Comptabilité commerciale; par *Legret*. In-8.° […] franc de port par la poste.

Régulateur universel (Le) des poids et mesures, invention nouvelle p[…] et sans maître à trouver ses rapports des poids et mesures de tous les pays, a[…] livres tournois et monnaies étrangères; par C. F. Martin. in-8°. Prix 10 fr[…]

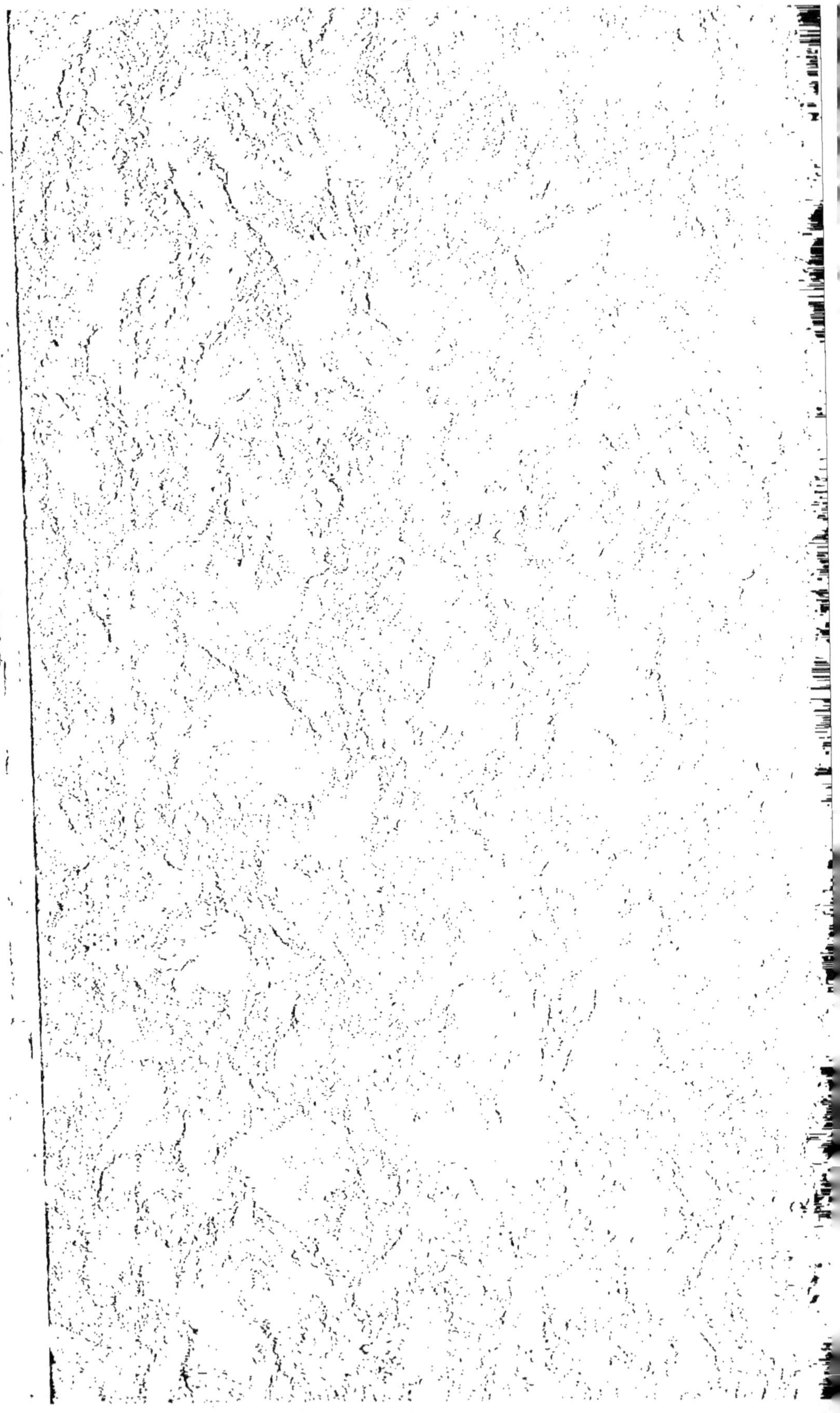

www.ingramcontent.com/pod-product-compliance
Lightning Source LLC
LaVergne TN
LVHW010553110826
845149LV00003B/646

9782013512671